-03-

漂洋过海来看你 ②

星星篇

guohai

凌霜降 ／ 著

PIAOYANG
GUOHAI
LAI
KANNI

花山文艺出版社

我还喜欢你，
似云朵追随风，永远飘移。
我还喜欢你，
似雨落长街，花瓣成泥。
我还喜欢你，
似花开到荼蘼，强忍悲喜。
我还喜欢你，
似星辰淡止，月落海底。
我还喜欢你，
似樱花散去梨花落地，不知归期。

目录
Contents

001/ 第一章

什么是动心。你想起那个人的名字，就觉得花好像开了。

——梁芳草

025/ 第二章

世界上，没有天使，也根本没有一个人是完美的。但是，因为你喜欢他，所以总觉得，人群中，只有他会发光。无论何时，无论何地。

——梁芳草

051/ 第三章

我怯懦谨慎地藏好对你的爱，像小偷藏好偷来的赃物一样，一秒钟都不敢将自己的心暴露于光天化日之下。

——梁芳草

077/ 第四章

总是梦到他的眼睛，深若远空又似漫天星光暗藏。只是没梦到过他的笑容。是呀，他不爱我。
我知道，他的笑容只给别人。

——梁芳草

101/ 第五章

阳光很好。而你不喜欢我这件事，像某个死角，一直又凉又惆怅。

——梁芳草

129/ 第六章

你看着她，我看着你。路很长，我知道你不会回头，也知道我不会止步。
无可奈何的爱啊，大概就是这样吧。

——梁芳草

目录
Contents

155/ 第七章

总在某一个场景觉得似曾相识，有人说，那是因为这个世界已经在某一个节点毁灭。我们不过是在重复，重复做已经做过的事情，重复度过已经度过的人生。这样也好呀，那我就可以，一次又一次地重新爱上你，也可以一次又一次地期盼，你可能也会爱上我。

——梁芳草

181/ 第八章

在路上看到一个像你的人，我会停下脚步凝望。听到你的姓氏，我的呼吸会忽然漏掉一息，视频里看到你，却不敢望你的眼睛。知道你出现在屏幕上，只是因为喜欢那个正与我视频的姑娘。可我心里还是会有欢喜的泡泡在一个又一个地冒出来。怎么办，那是我只为你而跳动的扑通扑通的心。

——梁芳草

205/ 第九章

每一天，我都在明白你不会喜欢我了。可每一天，我都在更喜欢你。

——梁芳草

229/ 第十章

我还喜欢你，似云朵追随风，永远飘移。我还喜欢你，似雨落长街，花瓣成泥。我还喜欢你，似花开到荼蘼，强忍悲喜。我还喜欢你，似星辰淡去，月落海底。我还喜欢你，似梨花落樱花散春去春来，未知归期。

——梁芳草

253/ 第十一章

我知道不是每个人都能最后与自己喜欢的人在一起，可还是想拼尽全力走到你的身边。最好不过余生只有你，最坏又怎样，余生也有关于你的记忆。

——梁芳草

277/ 结局 愿所有星星都微笑

PIAOYANG
GUOHAI
LAI
KANNI

第一章

什么是动心。你想起那个人的名字，就觉得花好像开了。

——梁芳草

1

人喜欢怀念以前的事情，并不是因为以前有多么美好，而是深切地知道，那些曾经不管是美好的还是悲伤的，都再也回不去了。

梁芳草出生的时候，梁家的每一个人，都以为她是个男孩子。甚至连接生的护士，在双手接住这个重达四公斤的初生婴儿的时候，都被她健壮有力的腿惊吓到，第一直觉也觉得她是个男孩儿。

广东重男轻女的地方很多，佛山尤甚。

特别是像梁家这种有祖业需要男丁来传承的家庭，对一个男丁的渴望，几乎是迫切的。

所以，尽管梁芳草的父母已经有了两个女儿，尽管那个时候三个孩子的家庭并不多，梁芳草还是在众人的期待之下出生了。

她出生之前，名字都已经起好了，叫梁芳秋。

"秋"是梁家男孩儿的辈分排行字，比如父亲那一辈的男孩儿，排字就是"克"。她父亲叫梁克越，叔伯们的名字里，也都是中间有个"克"字。

既然生的是个女孩儿，就不能用"秋"字。于是，要改。

梁芳草百日的时候，父亲因为不想给梁芳草改名字，想去与梁家主事的争取争取。

当时，梁芳草的母亲抱着梁芳草，在梁家宗祠的廊下问怀里的婴儿："今天要给你定名字呢，你是想叫梁芳秋，还是想叫梁芳草呀？"

叫梁芳秋的时候，浓眉大眼像个小男婴一样的她不理，叫梁芳草的时候，她呀呀地叫了两声，笑了。

这件事情，家族里一时视为神奇，都说梁家三丫头自小就是个有主见的。

梁芳草确实与两位姐姐不同，大姐梁芳海端庄稳重，又有练武天分，小小年纪便常得族人赞赏。二姐梁芳华聪慧美丽，自小不爱习武，但是智商非凡，功课是出了名的好。

梁芳草呢，从小长得像个男孩儿那般敦实，性格也似男孩儿般调皮好动，从来都像个假小子一样，爬树逗鸟上梁揭瓦无一不精，倒是梁家世代相传的咏春拳她只会耍个板式，功课更是十分马虎，她偶尔能考个七八十分，梁家上下都能笑几天。

可就这不嗲不作也不像样的小女儿，最得梁克越的欢心，说她最像梁家人。

梁芳草一直也是把自己当男孩儿看的，她喜欢和男孩子玩，家附近的男孩儿，学校里的男孩儿，也都喜欢和她玩，因为她不欺负女孩儿，女孩儿也喜欢她。

梁芳草，就那么快活地长到了十四岁那个夏天。

那个夏天和别的夏天好像有点儿不一样，台风一场接着一场地经过，暴雨也一场接着一场地下着。

佛山的很多老街巷，因为排水设施的陈旧，便因为连日的暴雨而成了河溪。鱼市里的鱼，甚至是郊外鱼塘里的鱼，都有往街上撒欢儿的。

黄静澜首先发现了巷口的水里有鱼，向来好动的他衣服都没脱就跳了下去，素来抓猫逗狗不落于人的梁芳草又怎会落后？她还吆喝着让何家盛去家里拿了个水桶，帮她装着她抓起来的鱼。

她浑身都湿了，但是玩得很欢，一头短发湿漉漉地贴在她圆圆的脑袋上，眉毛湿了，连浓密乌黑的眼睫都滴着小水珠，但一双黑亮的眸子，莹莹地闪着光。

她抓到了那天最大的一条鱼的时候，站直了身体，就看到了巷口没被水淹没的台阶上，站立着的那个高挑的少年。

2

后来梁芳草看到一句话，说——你在与你喜欢的那个人初见面的时候，你的样子有多狼狈，在之后你与他的故事里，你的姿态就会多狼狈。

梁芳草死死地盯着那句话，好久都一动不动，脑海里闪过的，全都是她和陆长亭的过往。

如果陆长亭不是站在那儿，她大概永远都不会觉得当时浑身湿透、有力的双手狠狠地抓住一条大鱼的样子到底有多狼狈，因为她抓到了那条鱼，她明明觉得很开心，她正兴奋地朝黄静澜嚷嚷："喂，黄静澜，我敢保证我抓住了最大的那一条！"

天空还飘着细雨，雨水落在梁芳草原本已经湿透的短发上，与似从水里钻出来的她浑然一体，她转身去找黄静澜想要炫耀的时候，就看到了陆长亭。

陆长亭穿一件浅灰色的 T 恤，撑着一把宝蓝色的雨伞，他的头发黑得像墨，但他的眼睛，比那把蓝色的雨伞还要蓝。

梁芳草从没见过那样漂亮的眼睛，比宝石透明清澈，又比星星要闪耀明亮。

而且，它是蓝色的。

梁芳草当然也见过蓝眼睛的外国人，但是她发誓，从来没有一双蓝色的眼睛，比陆长亭的眼睛更特别。

那时候的梁芳草，不矜持，也不矫情。她像绝大部分性别意识并不强烈而又开朗爱玩活泼好动的十四岁孩子一样，非常主动地打招呼："嗨，你要找谁？"

　　陆长亭正用一双蓝色的眼睛静静地看着成了河的巷子，不能明白父亲形容的温馨小城什么时候变成水城威尼斯了。他的注意力被梁芳草的声音叫了回来，犹豫了半秒，回给这个热情的少年一个微笑："请问，陆希民是住在这里吗？"没错，第一眼印象，他觉得梁芳草应该是个男孩儿。

　　他的粤语有口音。在讲粤语的佛山，他几乎一开口就能让人觉察到不同，水里的几个少年都转头看向了他，特别是正玩到兴头上的梁芳草，似乎看谁都觉得好玩又可爱。

　　"陆希民？是陆爷吗？"梁芳草呼地从水里站起来，把手里的鱼往站在水边的何家盛手里的水桶一塞，非常利落地走到了没被水淹没的台阶上，浑身湿漉漉地站在了陆长亭的对面，"陆爷和我家是隔壁邻居。你是谁？哦，知道了！你是陆爷的美国孙子！"

　　梁芳草话说得快，思绪也转得快，想起了几天前她去陪陆爷下棋的时候，陆爷提起过，因为他这次意外摔伤，所以儿子决定带着孙子回国工作生活。

　　梁芳草从小就把陆爷当自己亲爷爷，三天两头就往陆家跑，关于陆家伯父的跨国婚姻，关于陆爷那个连中文都不会说的美国儿媳，以及关于那个只在小时候回来过一次、只有照片的美国孙子陆长亭，梁芳草也不算是特别陌生。所以，这会儿她拿出了主人的样子，湿漉漉的手热情主动地一把提起陆长亭放在旁边的行李箱："陆爷在家里呢，跟我来，我带你去。”

“Thank you！”陆长亭再次向梁芳草微笑致谢。

听到他说英语，梁芳草有些不习惯地回头看他的脸。

然后，梁芳草第一次真切感觉到自己心脏怦怦怦地跳动的声音。她的脑海里闪过一句话：大概传说中的天使，才会有这样的笑容吧。

3

“不过，这个还是我来拿吧。”陆长亭看了一眼还没到自己肩膀的梁芳草，坚持要自己拿行李。

“没事！你的行李不少，我们来帮你。”梁芳草手一挥招呼黄静澜，“黄静澜，给我过来！一起帮归国友人扛行李！”她姿势做得利落帅气，说话也掷地有声又果断。

陆长亭不禁觉得这个壮实的男孩儿挺有意思，父亲不是都说与美国人相比，中国人更为含蓄吗？可眼前这个小家伙，好像和含蓄没什么关系。他确实有很多的行李，一箱一包是他自己的，还有两箱是父亲的。父亲刚下飞机便被急召回了公司，只好把不方便带的大件行李让他带回来。

陆长亭刚下出租车就在发愁，这小河流一样的巷子，他要怎么才能一个人拖着这么多行李走进去，看着梁芳草真的把另一个男孩儿也招呼过来扛起了父亲的大行李箱，陆长亭开始觉得大概回国也没有想象中的那么糟糕。

"OK！ Thank you very much！ I'm Tam."他习惯性地介绍完自己，忽然又记起了这不是美国，于是切换了普通话，"抱歉。你们好，我的名字叫陆长亭。"

"我是黄静澜。"黄静澜喜欢电子竞技，性格也比较外向，很大方地介绍了自己，"黄飞鸿知道吧？我爸、我爷都说他是我太祖爷爷。"

"你好。我看过黄飞鸿的电影。李连杰！"黄飞鸿不是电影人物吗？陆长亭觉得大概黄静澜在开玩笑。

"我叫梁芳草，我们家是咏春拳的传人。"梁芳草愉快地介绍了自己的名字，说完之后她忽然想起了什么，好像自己的名字和陆长亭的名字有什么联系一般，但是，一下子又想不起来。

"长亭外，古道边。"何家盛提着一水桶鱼一直跟在梁芳草身后，他白净的脸庞细长的眼，看起来很斯文，比梁芳草和黄静澜略高半个头。但他没有介绍自己的名字，反而咬字清晰地说了六个字。

"对呀，就是这个！这首诗里有我们俩的名字！长亭！芳草！"梁芳草一下子跳了起来，伸手摸了摸比她高半个头的何家盛的脑袋，"阿盛脑瓜不错，能记这么多东西。"

"明明是你太笨好吧。"黄静澜真是忍不住要吐槽梁芳草了，"这《送别》烂大街了你都记不住。"

"黄静澜我不会比你更笨好吧，至少我考试没垫底呀。"梁芳草可不肯被黄静澜取笑，期末考试考了年级最后一名还敢说她笨。

"我那是……我让着你好吧。"黄静澜都懒得向她解释了。考试时间遇上重要的比赛，他缺考又是早退，不考倒数第一才怪呢。

梁芳草与黄静澜你一句我一句地斗着嘴，何家盛提着鱼领着陆长亭在靠边没被水淹到的台阶上向前走。陆长亭看着这几个第一次见面却毫无陌生感的少年，觉得这些似建设在小河流上一样的中式小院一个又一个地挤在一起的样子，好像也挺有趣。

4

陆爷前段时间摔伤的腿还没完全恢复好，最近的精神都不佳，但他看到陆长亭回来自然很高兴。但陆长亭放下行李之后，似乎对中式的南方小院不是太习惯，他左右打量了一眼，脸上的笑容淡了许多。

梁芳草一心想让这个美丽的蓝眼少年再笑起来，于是很开心地提议："陆长亭，外面的水里还有鱼，我们一起去抓鱼玩吧！"

那时候在梁芳草眼里，真的没有比抓鱼更开心的事情了。而且她妈妈做鱼简直是佛山一绝，连佛山最有名的厨师何伟裕都要赞叹的，抓到鱼之后做了叫陆长亭一起吃，吃了好吃的，他应该就会开心了吧？

"No，我有点儿累。"陆长亭拒绝梁芳草的时候，露出了一个很淡的微笑。梁芳草觉得自己不好再逗留在陆爷家妨碍久不见面的亲人团聚。但从陆爷家出来之后，梁芳草忽然没有了抓鱼的兴致，便三句两句打发何家盛和黄静澜回家了。

梁芳草爱吃妈妈做的鱼，梁家的主妇杨婉姝自然不会扫女儿的兴，接过鱼便在厨房里忙活起来。

杨婉姝年轻时长得美貌，嫁给梁克越之后便一直是相夫教子的主妇，每日最大的事情便是给丈夫孩子做一日三餐，夫妻感情一直很好，孩子们也孝顺，唯一的一件心事，便是没能替梁家生一个儿子，累得大女儿一个姑娘家要拼命练武，去做男孩儿要做的事。好在丈夫很疼爱女儿，对于没有儿子虽然也遗憾，但亦不至于像有的家庭那般出去找人再生一个儿子。

想到这一点，杨婉姝决定选最大最鲜的那条鱼，给丈夫片一碟鱼生，再给他做一碗他喜欢的辣椒调味汁配着，晚餐时陪着他喝一点儿。

"妈！"梁芳草忽然出现在厨房门口，因为她还戴着耳机，叫妈的声音特别大声，吓了杨婉姝一跳，看了小女儿一眼，示意她先将耳机拿掉再说话："吓着我了，怎么啦？"

"做鱼多做一条！"梁芳草讨好地朝母亲笑，"陆爷的儿子和孙子今天从美国回来了，陆爷做不了饭，我们给他们送一份！"

"就你怪会想！"杨婉姝佯装横了女儿一眼，手上却早已经开始准备给陆爷家的菜。梁芳草嘻嘻地笑着，往案板上抓了一个番茄一边吃一边跑了出去："妈做好吃点儿呀，让美国小子看看梁家美食的魅力。"

"小草！那番茄没洗呀！"杨婉姝在后头叫，但梁芳草早已跑得不见了影子。

梁芳草跑到陆爷家的时候，手里还拿着半个吃了一半的红番茄，她一进门就把耳机拿下来递给正在和陆爷说话的陆长亭："你听！就是这首歌！歌词里有我们的名字！长亭！芳草！"

她一脸的兴奋，嘴角边儿上还沾着一点儿番茄汁儿，陆爷伸手取了张纸巾给这个他当成亲孙女儿一样看待的小姑娘："擦擦嘴去。姑娘家得注意形象！"

"哦。"梁芳草接过纸巾胡乱地抹了一下嘴，继续很兴奋地叫陆长亭戴上耳机听歌，"快听呀，是首名曲哦！"

"你是……"陆长亭难掩错愕，但是他好歹把那声"女孩儿呀"给收住了没说出来，换作哪个女孩儿都不想自己被当成男孩儿吧?

"我是梁芳草呀！快听快听！"梁芳草浓眉大眼的脸上，都是兴奋讨好的笑，看起来特别纯真。

5

陆长亭戴上了耳机，浓俏的眉毛却因此猛然一跳，因为播放器的声音被梁芳草调到了最大声，太高的分贝让他有点儿难以接受那首歌的美妙。

而梁芳草则兴奋得忽略了陆长亭微微锁起又礼貌地放松的眉，很开心地对他介绍令她兴奋的原因："听到没！就是这首歌！有我的名字和你的名字耶！长亭！芳草！陆长亭！梁芳草！听到没？"

出于礼貌，陆长亭忍着高分贝的声音听了好一会儿，才拿开耳机，微笑着对梁芳草说："真的呢，这首歌里，有我们的名字。"

他说不上敷衍，但绝对不算热情。但梁芳草太兴奋了，根本看不出他细微的不快。

而以梁芳草那时候的智商，也并不知道陆长亭虽然跟着父亲学了广东话，但他的母语是英语，他根本就听不懂那首用普通话演唱的《送别》，更无法理解长亭外古道边芳草连天的意境。

陆长亭对她笑，不过是一种礼貌，一种对邻居家无知单纯的小妹妹有点儿无可奈何的迁就与敷衍。

但梁芳草却在那时候忽然想到了"命中注定"这个词。十四岁的她多么地自以为是，为自己的名字和陆长亭的名字竟然巧合地出现在同一首歌里而兴奋莫名，从此视他为世间独一无二只此一位的知己。

"三妹，你是不是在里面？"门外忽然响起了少女清脆的声音，随着声音，门外走进来一个穿着一条浅蓝格子裙子的娉婷少女，"陆爷，今天好点儿了吗？我妈妈让我来问问你，汉青伯伯他们有没有什么忌口不吃的东西，她今天做了红烧鱼、糖醋排骨、烤猪胫肉、灼菜心、拌黄瓜，还有炒花生米。妈妈问你要不要加两个汉青伯伯他们爱吃的菜。"她手里还拿着一本书，进来的时候一边连串儿地报着菜名，样子很熟练，就像是她经常都这样做一样。

"二姐！"梁芳草看到二姐很兴奋，但她的兴奋点不在菜单，而是还在刚才那首歌里，"你知道《送别》这首歌吧？这首歌里有我的名字和陆长亭的名字！神奇不？"

梁芳草说陆长亭的时候，梁芳华也才刚看到了坐在沙发上的陆长亭，她在屋里看着书被妈妈差来跑腿，思绪还没从书里出来就出了门，这会儿看到陆长亭，才想起来了陆爷家里现在不止陆爷一个人了。她有点儿尴尬，但还算落落大方地打了招呼："你好。我是隔壁邻居梁芳华。"

"你好。陆长亭。"陆长亭从沙发上站了起来，似乎有一点儿的局促不安，他犹豫着要不要向梁芳华伸出手和她握手认识，不知道是因为紧张还是因为什么，他用英文说了一句，"谢谢你们一直照顾我爷爷。"

他对着梁芳华的笑容有一点儿的羞涩。

梁芳草却有些愣住了，心里闪过一个念头：大概，微笑的天使，是会发光的吧？

6

"不用客气啦。"梁芳华经常到大学的英语角去玩，有对方一说英语自己也会说英语的习惯，所以她也用英语和陆长亭客套，"陆爷就像是我们的爷爷一样。"

梁芳华没说假话。她们确实是把陆爷当成自己家爷爷的。

梁家与陆家是隔壁邻居，陆爷只有一个儿子陆汉青。陆汉青二十多岁时就出国了，还在国外拿了绿卡成家生子，所以自从杨婉姝嫁过来开始，陆家就陆爷和陆奶奶老两口儿。陆爷人比较严肃，但是心地很好。陆奶奶就更好了，梁家三个女儿年龄隔得不远，孩子小的时候，陆奶奶真没少帮杨婉姝。

梁家公婆早逝，杨婉姝一直以来也是把陆爷和陆奶奶当成公婆孝顺的。像这次陆爷摔伤了腿，背着陆爷去医院跑上跑下打点前后的都是他们夫妻，他们也没觉得有什么不对。特别是前几年陆奶奶去世后，丈夫就嘱咐她，平时生活上多照料着一点儿。所以两家虽然不一个姓，可一直十分亲近。向来都是梁婉姝做饭前和陆爷说一声，总做两份，做好了叫孩子们给陆爷端过去。像今天，就考虑到陆家父子从美国回来，不知道口味，所以特意叫女儿来问一声。

"不要用鸟语说话，在我面前讲中文。"陆爷咳了一声，制止了在他听来像是在叽叽咕咕一样的孩子，"长亭，刚才芳华说的菜，你有不吃的吗？"

"我没有听过那些菜名。爸爸妈妈都不会做中餐，所以我们家不怎么吃中餐。"陆长亭对爷爷耸耸肩，"不过好吃的我都吃。"

"有一半是中国人，怎么能不吃中餐呢。"陆爷哼了一声，转头对梁芳华说，"就这些吧，他们都吃的。谢谢你妈妈费心啦。我倒是有儿媳妇，可一顿儿媳妇的饭都没吃过，倒是你妈，不是我儿媳妇，天天给我做饭吃。"

"那我们还天天来你这儿找零食吃呢。"梁芳华笑着安抚陆爷，"特别是小妹，她一天不来你这儿翻腾点儿吃的都睡不着。"

梁芳华指的是梁芳草小时候的事情。梁芳草从小就胃口奇好，什么都爱吃，什么都能吃。因为五六岁的时候有点儿过胖，父母就限制了她吃零食。陆爷和陆奶奶怀着隔代亲的心情总是买很多零食回来，于是梁芳草总是偷偷到陆家吃零食，有一天出去玩没时间到陆爷家吃零食，半夜睡不着，哭着要到陆爷家吃了零食才肯睡。这件事情，几乎是梁芳草成为知名小吃货的标志。

"二姐！我们说好了不说小时候的事情好不？"换作以往，被姐姐们取笑贪吃，梁芳草都懒得回应，因为她原本就贪吃呀。梁家的吃货，除了她也没谁了。

但此刻，不知道是不是因为陆长亭也在，她忽然觉得有点儿窘迫，赶紧制止了姐姐："走啦走啦，我们回家帮妈妈做饭啦。"

"知道啦。不过你会做饭吗？会吃吧？"梁芳华一边逗妹妹玩，一边告辞，"那陆爷，我们就先回去啦。"

"有吃饭的人，做饭的人才有意义，知道吧。"梁芳草则根本没有告辞的意识，陆家对她来说，就像自己家一样，于是拉着姐姐就走。

7

"邻居很有趣。"可爱的姐妹俩都走了，陆长亭对着严肃的爷爷，试图找个话题。

"远亲不如近邻呀。"陆爷却并没有与孙子聊天的欲望，听着他那口怪怪的广东话他就来气儿，也不知道儿子是怎么教孩子的。

陆长亭消化了好一会儿这句"远亲不如近邻"，勉强地理解了爷爷的意思之后，感觉有些尴尬，唉，邻居家的女孩子什么时候才会再过来呢。

晚饭烧好之后，梁芳华和梁芳草姐妹一人一个大托盘把菜都端到了陆家，陆汉青打电话说加班不回来，陆家就爷孙俩吃。儿子明明回来了，却第一天就变成了工作狂，陆爷心里不爽，胃口一般。

倒是陆长亭，像发现新大陆一样发现每一个菜都超级好吃。然后，他心里忽然又理解了父母离婚的原因：妈妈坚持不吃中餐并且说中餐油腻又没有营养价值，而爸爸长年吃着妈妈煎得发硬的牛排和烤鸡，却从没抱怨过一次，这已经算是真爱了。

陆爷眼看着美国长大的孙子居然这样喜欢家常中餐，心情也好了不少。一个一个地给孙子介绍菜名，顺便也说了几个佛山名吃，爷孙俩总算找着了话题。

梁家那边，一家五口也正吃着晚饭，但平时连吃饭都爱和两个姐姐斗嘴的梁芳草今天话很少，她就着妈妈烧的鱼，快速扒了两碗饭。其他人正想问一句今天怎么吃这么少，梁芳草放下碗筷就往外跑："我吃饱啦，我出去玩了。"

"小草，你都几岁了，还整天想着玩。"杨婉姝不由得责怪了一声。丈夫梁克越却笑着给她倒了半杯酒："由她吧，也没几年玩了。"

"就你最惯着她。"杨婉姝嘴里怪丈夫，脸上却是笑着的。稳重大方的大姐梁芳海和美丽温婉的二姐梁芳华早已经习惯了父母的对话，姐妹俩并不加入关于妹妹的话题。

梁芳草出了家门就进了陆家，人才进了院门，便朝里面喊起来："陆爷陆爷！芳草来找你下棋玩！"

"来吧。我们还在吃饭呢。"陆爷看着梁芳草跑进来，语气里都多了一分宠爱，"今天怎么吃这么快？来，筷子给你，继续吃。"

"我已经吃过了啦。"梁芳草嘴上说着自己吃过了，但还是接过筷子坐下就夹起了一块排骨，"哎呀，刚才光顾着吃鱼，忘记吃排骨了。我妈烧的排骨也是一绝呀。陆长亭，你觉得呢？"

"嗯。好吃。"不习惯用筷子的陆长亭，有点儿狼狈地用碗和筷子配合着享受美味，很诚实地回了梁芳草三个字。

"哈哈！我告诉你，全世界没有比中餐更好吃的饭了。"梁芳草很高兴妈妈做的饭被陆长亭喜欢，感觉就像自己的什么东西被他喜欢了一样，心里有一片湖，正欢快地冒着泡泡。

8

一大早，梁芳草就起来了。她把自己小猪存钱罐里的钱全掏了出来，顺手拿了二姐的一个小羊文具袋给装上，早餐也不吃就出了门。

雨在昨夜彻底停了，一夜之间，小巷里的积水消退了许多，稍高一些的路面都露了出来，青石砖与水泥层上面积着薄薄一层泥浆。梁芳草的球鞋踩着泥浆走过去，一行清晰的脚印延伸到了陆爷门前，像一串欢快的小泥花。

陆爷家结实而有些年头的大橡木木门半掩着，似乎谁已经早起了。

"陆长亭！起床啦！我带你去吃超赞的佛山早餐！"梁芳草边推着门，声音进去，人也跟着进去了。

"早安！"在陆爷家的院子里对着梁芳草打招呼的，却是陆汉青，他一身湛蓝西装似正要出门工作，"你就是芳草吗？哦，长成大姑娘啦。"梁芳草两岁多的时候，陆汉青回国探亲，见过当时还长得像个男童的梁芳草。虽然现在的梁芳草仍然像一个长大了的男孩儿，但陆汉青没那么没眼色当面说人家小姑娘像男孩儿。

"你是汉青伯伯？哎呀，你看起来好年轻呀！"梁芳草笑得很真切，话也很真诚，一下就把陆汉青逗开心了："和芳草说话，我是觉得自己真变年轻了呢！你今天要带长亭出去玩吗？"

"对！我要请陆长亭去关公庙那边吃早餐！"梁芳草雀跃地宣布自己的计划。昨夜她几乎兴奋得一夜没睡好。昨天她在家里吃了饭之后，又跑到陆爷家陪着陆爷和陆长亭一起吃，一边吃一边聊吃的事儿，结果原本嚷嚷着要陪陆爷下棋的，却连棋盘都没挨边儿。

"哎呀。如果不是上班，我也真想跟你们去呀。"陆汉青是真心喜欢这个单纯直接的小女生，"下次我休假，也带我去好吗？"

"好！"梁芳草答得很欢快，一双乌黑明亮的眼睛却往屋里瞧，"陆长亭！你起床没呀！快点儿呀！要是去晚了最好吃的那家肠粉就卖光啦！"

"I'm coming！"陆长亭的声音从屋里传出来，也显得欢快而明亮。梁芳草觉得，自己从来没有听过哪一个人讲英语比陆长亭讲得更好听。

陆长亭扶着腿脚仍然有些不方便的陆爷慢慢地从里屋走了出来，梁芳草笑着跑过去扶住陆爷的另一边胳膊："陆爷！"

"扶我到树下就行。你们去吧。"陆爷看了一眼挥手向自己告别出门上班的儿子，又看了一左一右扶着自己的两个孩子，心情很愉快，"快去吧，一会儿去晚了，最好吃的该吃不上了。"

"陆爷！我给你打包你最喜欢喝的豆腐脑！"梁芳草就像她T恤上那只小黄熊一样，充满了欢快的气息。

"别了。我吃过早饭了。打包的都不是那个味儿。"陆爷在他那一大盆景观榕树边儿上的躺椅上坐下，挥手让俩孩子快走。

梁芳草比陆长亭着急，她伸手就拉住他的胳膊往外走，这只是她的习惯性动作，她性子比较急，想要做什么的时候，总会马上就要去做，谁要是慢半拍，比如老是想着玩游戏的黄静澜或者总是慢条斯理的何家盛，她亦会这样一把拉起他们的胳膊就走，并不觉得有什么不对。

可在走出陆爷家的大门之后，梁芳草不知道为什么，却忽然觉得自己拉着陆长亭的手像触电了一般，她瞬间放开了陆长亭的手，尴尬得不知道要如何解释："那个……我……"

9

"怎么了？病了？吗？"陆长亭看了一眼忽然间脸色微变的梁芳草，不知道这个刚才还兴高采烈的女孩儿怎么忽然扭捏起来了。

"没……"梁芳草只觉得脸有些发热，扭头就往巷口走。陆长亭跟在她身后，但是没像她一样，不管地上是否泥泞都踩过去，他轻巧利落地在干净的台阶上走着，十七岁的少年，个子很高，皮肤很白，加上黑发碧眼，很是惹人注目。

"芳草，这么早就出去玩啦？"邻居三奶奶向梁芳草打招呼，她刚买菜回来，手上提着一篮新鲜蔬果，伸手掏了一个递给她，"今天的桃子特别新鲜，来，尝一个。咦，这是陆爷家的孙子吗？来，也给你一个。"

"谢谢三奶奶。"梁芳草接过桃子，有点儿奇怪一向比较小气的三奶奶今天怎么这么大方，一见面就给她吃的，不但给了她，还给了陆长亭。但有桃子吃不吃白不吃，再说了，三奶奶这个人虽然小气，但是却很会买东西，这桃子一看就是真新鲜。

"谢谢三奶奶。"陆长亭学着梁芳草的样子致谢。他昨天刚到家，并不认识这里的人，但梁芳草一家给他的感觉很好，爷爷也告诉他，大多邻居都很友善，所以，此刻他也觉得三奶奶的微笑透着和气。

"客气啥。你虽然是陆爷的孙子，可你是有绿卡的美国人呀，咱得对国际友人好点儿不是？呵呵呵。"三奶奶自说自话地笑着。梁芳草不想再听她叨叨："三奶奶，桃子真好吃。那我们走啦。"

梁芳草说着就往前跑，陆长亭一看小姑娘撒了欢儿，多少也悟出一点儿不能与这位三奶奶多啰唆的味儿来，赶紧也点头说了声"bye"，跟上了梁芳草的脚步。他人高腿也长，长得又好看，三奶奶愣了一秒才回过神："陆希民年轻时也没长这么好看呀，还嫌人家美国媳妇儿呢，还不是人家美国人给他陆家改善了基因吗。"

跑出了巷口，梁芳草熟门熟路地带着陆长亭往小巷子里钻："现在是上班高峰，公交车可慢了。咱们从青桐街走，然后从黄家大宅穿过去，就到啦。黄家大宅你知道吗？就是黄飞鸿故居呀。"

"黄飞鸿，不是一个电影人物吗？故居是什么意思？"陆长亭一边问着他不懂的问题，一边跟着梁芳草穿行在佛山老旧的小巷子里。

有的地方还有积水，梁芳草蹦蹦跳跳就过去了，但裤子勉不了沾上一点儿泥水。陆长亭自小是被有点儿洁癖的妈妈严格要求的，总是比较小心地避开有泥水的地方。

"故居，就是他故乡的家的意思呀。黄家大屋以前是黄飞鸿的家。黄飞鸿是我们这儿的人呀。宝芝林知道吧？林之沐家的药堂，很厉害来着。"梁芳草叽叽喳喳地解释着，陆长亭听得有点儿蒙，但觉得还算有趣："佛山原来是一个这么厉害的地方呀。"

"对呀，佛山很好。"梁芳草正说着，目光忽然被前面出现的一个少年吸引了注意力，"喂！林之沐！"

10

同是十四岁，但林之沐比梁芳草的个子要高些，他体形比较消瘦，但是站得很直。他穿一件米色的短袖衬衣，衬着俊朗的眉目，很是有一些漫画少年的样子。因为出生在传统的医药世家，自小学习中药医理，所以林之沐与一般少年相比，显得斯文稳重许多。他看了一眼梁芳草，还有她 T 恤上那只万年不变的小熊，微微地皱了一下浓挺的眉："你每天都穿着这只熊，不觉得熊会烦你吗？"

"我的熊才不会烦我！"梁芳草对林之沐翻了个白眼，真是烦死他了，长得挺好的，可怎么每次和她见面总说让她觉得不开心的话呢？

"你好。我是林之沐。"林之沐惹毛了梁芳草，却没再理会她，反而转脸微笑着，向陆长亭打了招呼。

"Hello,I'm Tam. 哦，陆长亭。"脱口而出说了声英文后，陆长亭忽地又想起了爷爷的教诲，于是急急把要脱口的名字改成了中文。在陆长亭眼里，这位叫林之沐的少年，长相比昨天见到的那两个还要出色。作为混血儿，陆长亭知道自己的外貌算出色的，但爷爷邻居家的这些小孩儿，似乎一个比一个更出色。

梁芳草又听到了陆长亭说英文，不禁又多看了他一眼。他先说了英文名，随后又更正成了中文名。但不管是哪一个，不知道为何听在她的耳朵里，都觉得好好听。

那时候，梁芳草还不知道，其实世界上根本没有那么多好听的语言，都是因为喜欢那个人，所以他说的每一个字，你都觉得是饱含着温柔与善意。

"林之沐！我要带陆长亭去关公庙那边吃肠粉，你带着我们穿过大屋呗。"黄家大屋现在是文物保护单位，游客需要凭票参观，但是作为黄家大屋继承人的林之沐则可以自由进出，那毕竟是他家祖宅呀。

"从大路搭公交车不好吗？"林之沐看了梁芳草一眼，目光在她嘴角上沾着的一滴桃汁上停留了半秒，随手从兜里掏出一方手帕，"你什么时候能学会吃完东西擦嘴巴？"

"好啦好啦知道啦。快走快走！"梁芳草懒得跟林之沐啰唆，一边用他的手帕擦嘴一边抓住他的手就把他往前拉着走，"你今天在这里，也是为了去大屋吧，顺便带我们去不就行了嘛，说那么多做什么呀。"大屋的修缮，林家和黄家一直都亲力亲为的，特别是林之沐，对于黄家古籍和字画方面的造诣，已是一般专家都不及的水平，所以他的假期不是在家看书就是在大屋做事。

陆长亭跟在梁芳草和林之沐的身后，不知道为什么露出了一个微笑，他是不怎么乐意跟着父亲回国生活，但现在他觉得这两小无猜的少年和少女温暖而又有趣。也许，在这里交些朋友也不错。

〈佛山信佛的人很多，视关公为财神，可保安宅兴家。所以关公庙里一向烟火鼎盛。长堂街关公庙在佛山城里只是很多座类似庙宇的一座，并没有什么特别值得瞩目的地方。如果一定要说长堂街关公庙有什么不同，大约就是关公庙后院角落里，长着一棵很大很大，很老很老的榕树。有传言说，那是咏春拳的创始人梁先生或者宝芝林的黄飞鸿种的树，少说也有一两百年了。也有人说，榕树是愿树。所以树枝上挂满了人们的愿望。

树已经在那里生长了多少年，我不知道。人们在那里挂了什么样的愿望，我也不太关心。我只知道，有一个单纯又傻气的好姑娘，她在树冠中心那枝得到阳光最少的树枝上，挂了她的心愿。我只关心，那个心愿，有没有让她快乐。——林之沐〉

PIAOYANG
GUOHAI
LAI
KANNI

第二章

世界上，没有天使，也根本没有一个人是完美的。但是，因为你喜欢他，所以总觉得，人群中，只有他会发光。无论何时，无论何地。

——梁芳草

1

那天的早餐，陆长亭吃得非常丰盛。如果不是再也吃不下了，他大概会继续一样一样地吃下去。他从来不知道，一条短短十来米的巷子里，竟然藏着这么多好吃的，霜糖油条，豆腐脑，肠粉，干炒牛河，云吞面，蒸饺子，大肉粽子，小笼包，虾蛟，鱼丸面，牛红粉丝，凉拌粉……

一向也很能吃的梁芳草都惊讶于陆长亭的能吃，喜欢吃的人再遇上喜欢吃的朋友，就像一加一等于二一般变得更加爱吃，两人于是一家又一家地吃下去，梁芳草的小羊钱袋一点一点地瘪下去，两人的肚皮也一点一点地鼓了起来。

幸好，素来冷静理智的林之沐也跟着他们俩，一看这两人要撑破肚皮一样的吃法儿，赶紧叫停："明天再来！"

梁芳草实在也吃不动了，决定听林之沐的话鸣金收兵，陆长亭却看了一眼路边一排一看就很粉嫩可爱的姜撞奶，很恳切地看着梁芳草："那个，就买一碗，然后我俩分着吃，我就尝一下什么味道。"

吃早餐的人很多，三个人都站得挺近。梁芳草猝不及防地再一次近距离看到了陆长亭的蓝眼睛，她差点儿就要失神得要伸手去摸一摸它们，那双眼睛，像电视里最美的风景湖泊，像图片里最美的蓝宝石一样，太美了。

"好，买。"她答得干脆利落，似壮士断腕般。

那天之后，陆长亭就彻底被梁芳草迷住了，哦不，准确一点儿说，是被梁芳草带他去吃的美食迷住了。他几乎每天起床的第一件事情就是："嗨，梁芳草，今天我们去吃什么？"

所幸，佛山美食多不胜数，梁芳草一天一天一样一样地领着陆长亭去吃。

吃货的人生向来有了好吃的，其他都可以忽略不计。比如在天气最热的夏至那天，梁芳草就带着陆长亭走了六条街道去买一只陆爷最爱吃的烧鹅。那只烧鹅的味道奇好无比，两人还没走到家，就在路上干掉了一大半，于是只好又再回头去买一只。回到了店里，两人掏光了兜里的钱，却发现只能买半只，一时只能在店门口发愁地看着烧鹅一只又一只地被人买走。最后还是老板大方，爽快地把最后一只烧鹅打五折给了两人。陆长亭高兴得一直说佛山人真是太好了。梁芳草只好笑着告诉他，要不是老板就是何家盛的老爸何伟裕，他们俩才捡不到这便宜呢。要知道这烧鹅可是全佛山最好的烧鹅，每天做的数量都是有限的，卖完拉倒，有钱也没用。

然后，陆长亭就用一种很夸张的表情感叹何老板真是太牛了，中国的美食家真是太牛了之类的话。

陆长亭说话的时候，还是经常夹杂着英文，但他的笑容多了很多。看到他笑，梁芳草觉得比她吃到了最好吃的东西还要高兴。

她那时候，还有一点儿不明白为什么会有这样的心情。

后来，她才慢慢明白，他高兴，你就莫名地跟着开心，叫作，喜欢上了一个人。

2

梁芳草除了每天带着陆长亭去吃好吃的，就是每天缠着陆长亭说要教他梁家家传佛山独此一家全国绝无仅有的正宗咏春拳，她吹着牛把咏春拳的故事说得天地动容可惊鬼神。陆长亭从梁芳草夸张的故事里，不但得到了乐趣，还开始对中国的传统功夫与传统文化起了兴趣，于是每天都像一个好奇宝宝一样，缠着梁芳草和林之沐、黄静澜他们问各种问题。他对中国传统文化起了兴趣，陆爷就更喜欢这个唯一的孙子了，也不再嫌他有美国血统，甚至开始和梁克越商量着，如果陆长亭愿意，就正式拜师什么的。

对于拜师这件事情，陆长亭没什么兴趣。他只是觉得和热情主动的梁芳草一起吃吃喝喝跑跑玩玩很有意思，跟着林之沐去黄家大屋修字画也很有意思，想玩电子竞技则可以找黄静澜，别看黄静澜年纪小，但他是个游戏高手呀，技术比十七岁的他还好呢。

陆长亭很快和这几个比自己小两岁的少年们成了朋友，可这些，仅仅只是吃喝玩乐的朋友，虽然能够打发无聊的假期，但是，连自以为很了解他的梁芳草都不知道，他依然想念美国。

台风悄悄地走了一场又一场，暑假也悄悄过完了。

像大多数只顾着玩的孩子一样，马上要开学了，梁芳草才发现自己的暑假作业一页也没有做。

梁芳草很想就这样交白本子的，但是，她的班主任特别特别严格，如果她交了空白本子，那她不但一开学就得挨罚，估计下个学期，她别再想过一天好日子了。

像以往的每一个假期一样，梁芳草首先紧急求助了二姐梁芳华，梁芳华看着梁芳草怀里抱着的一叠新作业本儿，摊手表示自己无能为力。梁芳草没法儿了，到老爸面前撒娇打滚要了一百块钱，去买了一大堆雪糕回家，然后以请客吃雪糕为名义，把小伙伴们都请到家里来了。

人一来，梁芳草就分雪糕，分完雪糕分零食，并不提作业的事情，等大家都吃完之后，她才把作业拿出来，这里分一本，那里分一本："既然大家都吃饱了，那就开始干活啦。有答案有答案，帮我抄就行。"

"为什么要抄答案？"陆长亭不太明白梁芳草在做什么，以他的美式思维，完全不能理解作业抄答案的意义。他问站在一边无聊地拿了本书乱翻的林之沐，"你为什么要把作业答案给她抄？"

"因为如果明天开学她交不上作业，接下来的一个月，她就要站着上课。而且，每天都会被老师找理由处罚。"林之沐淡淡地回答陆长亭的问题。但并不打算多向他解释学校里的惯例和制度，毕竟高中会比初中更惨不是吗？

陆长亭耸耸肩，仍然无法理解这种做作业的方式。不过，梁芳草的作业确实也太多了吧，看起来有七八本呢。

"三妹！你又让人帮你抄作业了？"梁芳华就是这时候从外面进来的，她一进门，那好看的柳眉便微微锁起，看着一个个听梁芳草的话伏案写作业的小伙伴，她的眼睛里闪过了一丝无奈，看向林之沐，"之沐，你不要总是这样帮她呀。"

3

"芳华姐，她说我不同意就把我的作业也撕了。"林之沐很平静地解释。听起来很像假话，但梁芳华知道他说的是真话。

"那我来做主吧。"梁芳华说着，走过去一本一本地把正被照着抄的林之沐的作业本收起来，她穿着一件中式对襟的上衣，露出了修长白皙的半截手臂，她的长相与浓眉大眼长得更像爸爸的梁芳草完全不同，梁芳草俊朗热情如烈日，而她则柔和皎洁似明月，带着温柔可人的气质，但她收起作业本的样子，又有着不容置疑的坚决，看起来很动人。

"二姐！"梁芳草都快哭了，她好生气，很焦急，但也很无奈，她也知道抄作业不对，但是如果不抄，她明天就惨了。

"现在拿着你的作业回房自己写，能写多少是多少。"梁芳华把林之沐的作业还给了林之沐，又把梁芳草的作业都收起来，一大叠一起还回了梁芳草怀里，"去吧，抓紧时间哦。"

"二姐，我答应了晚上要带陆长亭去吃夜市的黎阿婆牛杂的。"梁芳草的声音都带着哭腔了，但梁芳华不为所动："我作业做完了。这件事情我可以帮你做。你只需要现在开始写你的作业就可以了。"

梁芳草平时虽然骄横，但梁家也一向讲究长幼有序，而且她也知道，如果家里其他人知道她找人抄作业，大家一定都是站二姐那边，她非但讨不了好，还有可能被爸爸罚蹲马步。思量权衡之下，梁芳草只好垂头丧气地抱着作业回房了。

她走之后，梁芳华也微笑着让其他小伙伴们回家去了，最后她笑吟吟地问陆长亭："芳草说今天要带你去夜市吗？"

听到她的询问，陆长亭才从愣神中完全清醒过来："Oh,oh,yes！"因为刚才在神游太空，他说话的时候就本能地使用了母语，看到他的样子，梁芳华反而笑了："是被我三妹吓到了吗？"

梁芳华的微笑，像明月从云层里露出了脸，那皎洁光华让陆长亭不由得又呆滞了一下才答："No,no,she's cute."

看陆长亭有点儿紧张，梁芳华倒以为自己刚才教训小妹吓到他了，不由得脸有点儿热，赶紧转移了话题："那今晚由我带你去夜市可以吗？"

她？和她一起去吗？陆长亭心里又是一惊，但随即灿烂地笑了："Of course！"

那一天，梁芳草为了避免第二天在学校里遭遇处罚，一刻不停地在房间里写作业写到了半夜，后半夜实在是无法抵抗睡意，连梁芳华给她带回来的夜宵都没来得及吃，自然也顾不上去打听二姐带着陆长亭去夜市的时候，到底发生过什么事情。她只是慢慢地发现，陆长亭虽然还是和她一起玩，但是，却总是开始提起二姐。那时候，她以为不过是因为陆长亭作为转学生，刚巧就和二姐同班，两人上学同进同出的缘故。

4

梁芳草不由自主又心甘情愿地将自己的生活重心放到了与陆长亭有关的事情上。

每天陆长亭见到她，都会笑着问："嗨，芳草，今天有什么好玩的？"

然后，梁芳草就会像被打了鸡血一样，功也不练了，作业也不写了，带着陆长亭满佛山地找好吃的，斗蛐蛐儿，去看黄飞鸿的老电影，去黄家大屋给林之沐捣蛋，还试过到别的武馆去偷师。甚至有时候陆长亭都不用问，她就自动想到了带陆长亭去玩的节目，每天都不重样儿。

秋天时，过了生日后就满十五的梁芳草，壮实得像个小男孩儿，性格大大咧咧爱玩爱跳，跟她娇柔的名字完全不搭边儿。倒是陆长亭，越来越喜欢中国文化，虽然是个美国人，但黑发碧眼长身玉立又性格温雅，慢慢地，气质里倒有了几分陌上人如玉公子世无双的意味。

自卑是哪一天袭击梁芳草的呢。

有天，她带着陆长亭去看佛山人的拜佛文化，去的自然是香火最鼎盛的长堂街关公庙。

佛山信佛的人很多，人们习惯在初一、十五去礼佛，那天正逢十五又是关公诞，关公庙里人山人海。梁芳草带着一脸好奇惊讶的陆长亭在人群中穿行，走到后院那棵很大的榕树下的时候，陆长亭正想问为什么人们要往树枝上挂那么多红色的布条，话还没说出口，他的手机响了。

陆长亭只看了那个来电名字一眼，就笑了。他笑得温柔又好看，接电话的声音也温柔又动听，他湛蓝的眼睛里似有火花跳跃，柔情似水而又温暖动人。

梁芳草听不懂英文，但又很好奇，正巧看到了陪妈妈来烧香的二姐梁芳华。于是，她几步过去把二姐拉了过来，悄声在二姐耳边让英文成绩很好的二姐给自己翻译陆长亭的话。

梁芳华觉得那是隐私，本来不肯，但梁芳草像只小兔子一样求着，她只好悄悄地把陆长亭说的话悄声转译给了梁芳草。

陆长亭说："这里超级无聊。但是我现在还不能回去。这里没有漂亮女孩儿，我一直在和爷爷邻居家的小孩子在玩。她像个小男孩儿。"

梁芳华一句一句地翻译，她的声音不知道为什么有点儿机械，好像有点儿害羞又有点儿尴尬的样子，但是那些话还是生硬地打在梁芳草的心上，她觉得有什么东西碎裂了，有点儿麻有点儿痛，但又不知道为什么会这样难受。

很久之后，梁芳草回想起当时自己都不明白的感受，大概就是，陆长亭无意中掉落了一片树叶，她不但珍宝一样捡起来珍藏把玩，最后还把它当成了一片树林栖息。

当时的梁芳草，只是强忍着内心的失落，看了看打着电话，精致的五官被在阳光下闪亮的黑发映衬得更加动人的陆长亭，又看了一眼似乎有点儿尴尬不再翻译的二姐，二姐那同样精致娟好的五官，二姐像陆长亭一样，同样也好看得像能够在人群中发光呀，为什么陆长亭会说这里没有漂亮的女孩儿呢。难道在陆长亭眼里，连二姐都不漂亮吗？

那时候，梁芳草还不知道，她同样听懂的那句并不是二姐给她翻译的没有漂亮女孩儿，而是，邻居家有一个女孩儿，像个小男孩儿一样可爱，她的姐姐是我见过的最漂亮的女孩儿，她是我的邻居也是我的同学，她让我动心。

5

陆长亭之前的十七年一直生活在美国，他在美国有很多的朋友也有他自己的生活，他想考麻省理工学院，但是因为陆爷受伤生病，他的父母已经离婚并且父亲是监护人，在父亲决定回国工作陪伴祖父之后，陆长亭也不得不跟随父亲回来照顾爷爷。

陆长亭并不喜欢中国，也不喜欢佛山。尽管，他很喜欢梁芳草带他去吃的那些美食。但美食满足了胃口，却不能满足一个他乡少年内心盛大的寂寞。

当然，梁芳草从来没有听陆长亭提过这些，这些陆长亭并不喜欢佛山一直都想离开中国的信息与小细节，是她自己后来慢慢明白的。

就像她不太明白关公诞那天，她在听到陆长亭用温柔好听的声音说着温柔好听的英文时，她自己的心里为什么会觉得难受一样，她也是很后知后觉，才知道喜欢上了一个人，不但会有欢喜与希望，也会有痛苦与绝望。

她只是单纯地希望陆长亭能够快乐，所以她努力地去做能够让他展颜微笑的事情。

陆长亭喜欢美食，她几乎每天都在搜罗佛山的美食，记录下一个
又一个小摊小店的地址，她密密麻麻地画了厚厚一个本子，一页一页
地带着他去吃。

大多数时候，梁芳草都拿出主人的样子抢先付账，陆长亭零用
钱好像并不多，但是他总在梁芳草付完账之后悄悄地把钱塞到她的
小包里。

可梁芳草也不知道自己为什么，就是一分都不舍得花陆长亭悄悄
放在她包包里的钱，她一张一张地把那些陆长亭给的钱叠好，悄悄地
用一个盒子装好藏了起来。她也不知道自己为什么要这样做，但是一
想到那些钱，就会觉得自己有一个欢喜的秘密。

她自己的零用钱自然有限，在花光自己的零花钱之后，梁芳草就
灵活地叫上何家盛、黄静澜，还有林之沐。因为有他们在，一般她就
不用付账。黄静澜因为要玩游戏购置很厉害的装备，偶尔会没钱，但
何家盛和林之沐，他们俩好像从来不缺钱。何家盛一向就喜欢跟着梁
芳草，所以不管梁芳草叫不叫他，只要他看到了梁芳草，如果梁芳草
不开口叫他走的话，他肯定是会一直跟着她的。何家盛唯一的缺点就
是内向不说话。几乎从来不说。林之沐呢，懂得多，不管陆长亭问什
么样的问题，林之沐都能完美应对，可惜林之沐不像何家盛一样从小
就是林芳草的小跟班，加上他很忙，所以要叫上他不算容易。

但梁芳草很贪心，她既想有人请她和陆长亭吃好吃的，又想让陆

长亭觉得跟她在一起有话题聊有意思，因为陆长亭觉得开心的时候就会笑，他一笑，梁芳草就觉得佛山的阴天都是晴的，每一朵花都开得特别灿烂。

6

所以，梁芳草每一次和陆长亭出去，都是左手跟着何家盛，右手拉着林之沐，一个负责买美食，一个负责给陆长亭讲古迹历史与典故。

然后一天结束的时候，她和陆长亭在陆爷家门前告别时，陆长亭就会笑着对她说："这真是有趣的一天。谢谢你，芳草。"

他的笑容不管是在夕阳下，还是午后的阴天下，还是傍晚的路灯下，都似最美的天使般发着令梁芳草内心无法不欢喜的光芒。

然后，梁芳草发现自己变得更贪心了。她不能满足于只在周末带着陆长亭吃喝玩乐让他开心。她想每天都看到他的笑容，每天都听到他对自己说"今天真是有趣的一天，谢谢你呀芳草"。他的广东话还是说得不太好听，但是他在说"谢谢你呀芳草"这六个字的时候，广东话的发音特别地道，特别是芳草两个字，低沉、磁性、温柔，又动人。像细细的槌，一下一下地敲打在她的心弦之上，然后她真的就能听到自己的心脏，在发出让她期待的，很动听的声音。

于是，从前一向睡到最后一分钟的梁芳草，从此再没睡过懒觉。她每天总是早早就醒来，早到可以避开早起练功的父亲和大姐，还有早起读英语的二姐，有时候迟了那么两分钟，她脸都来不及洗就跑到陆爷家拍门："陆长亭，我昨晚梦到今天的早餐了！我带你去吃及第粥和叉烧包！"

陆长亭通常才起床，他来开门，还带着睡意蒙眬的湛蓝色眼睛被梁芳草说的美食点燃，好看的嘴角微微扬起："Good morning，梁芳草。"

后来，梁芳草很悲凉地想起那些雀跃欢快的早晨，想起自己满怀欢喜与希望敲响陆家那扇橡木大门的样子，都禁不住地鼻子发酸。

陆长亭，他大概永远不会知道吧？在后来很久很久的时间里，她曾经暗暗庆幸过多少次，陆长亭他也是个小吃货，而自己亦然。

那让她觉得自己有了一个光明正大与他亲近的理由。也无数次庆幸过，佛山的各式美食多不胜数，让她在每次梦到陆长亭之后，都有去见他的理由。

梁芳草是在什么时候发现自己喜欢上了陆长亭的呢？

是那一天，她因为好奇而走进了陆长亭的暗房，看到那满满的一墙面二姐的照片的时候。

陆长亭喜欢摄影，每次和梁芳草出去吃东西，他都带着他的单反相机，在大街小巷里这儿拍拍那儿拍拍。

有天他们要出门的时候，正巧看到了刚从补习班回来的二姐。梁芳草就得意地介绍，说二姐是梁家最漂亮的女孩儿，也是这一片老城区里最好看最聪明的女孩儿。

然后，陆长亭笑了，他说："对呀，我们的校花呢。"然后，他举起相机，远远地对着梁芳华一下一下地按快门。

梁芳草当时不知道为什么觉得陆长亭按快门的声音让她的心率都失了平衡，她跳进陆长亭的镜头里，说："喂，陆长亭，给我来几张。"

陆长亭笑了，他把镜头对着梁芳草按了好几下，又转过去对着走近的梁芳华继续拍她。

那一刻，梁芳草禁不住地伸手摸了一下自己的脸，看看自己的笑容，有没有像玻璃一样碎裂。

7

因为喜欢摄影，所以，陆长亭攒钱做了一间自己冲洗照片的简易暗房。

冬天的时候，梁芳草知道陆长亭跑到英语补习班去兼职赚钱的时候，她犹豫了几天，把陆长亭曾经给她的饭钱和自己为数不多的零用钱全都大方地给了陆长亭，陆长亭没要。

梁芳草烦恼了几天，去找何家盛借了钱，直接给陆长亭买了设备，并当成了生日礼物送给了他。设备并不便宜，为了让陆长亭接受得心安理得，她还告诉陆长亭说，自己也超级喜欢摄影的，以后想做摄影师呢，先让陆长亭把暗房收拾好，以后她也要用一份。

　　陆长亭愉快地收下了，从此之后经常与她聊关于摄影镜像的话题。

　　那时候，为了让陆长亭也觉得自己是一个有趣的人，梁芳草不但用前所未有的认真去恶补了自己能够搜集到的关于摄影的知识，还雄心勃勃地很想很想拥有一个单反相机。

　　她想把认真专注地举着相机调焦拍照的陆长亭拍进自己的相机里，然后永久地珍藏他好看到无可比拟的侧影。

　　只可惜，单反相机并不便宜，她闹腾了好几次要买，因为她整天只顾着陪陆长亭玩，既懈怠了练功又轻慢了功课，次次都被父母给驳回了。

　　没有相机，梁芳草只能跟着陆长亭看他拍。所以，她知道，陆长亭的相机里，有很多很多关于佛山的风情文化，也有不少在路上偶尔遇到二姐时的偷拍。

　　几乎每一次，陆长亭只要是在拿着相机时看到二姐，就没有一次不对着她按镜头的。

　　其实梁芳草也能理解的，因为二姐确实很美。以前星探找到过家里来，想请二姐去拍电影做明星，只是二姐和父母都拒绝了。每次和二姐去市里逛商场的时候，总会有年轻的男孩子看二姐，也有自称是摄影师的人上来搭讪想让二姐做模特，学校里赞美二姐聪明漂亮的话，她就听得更多了。

　　所以，二姐美，梁芳草从前从不曾妒忌。甚至一开始，在看到陆长亭总是对着二姐按快门的时候，她也只是不能明白心里为什么觉得有点儿难受而已，而从来不曾去想过，那些难受，就是一种像荆棘一样在心里疯狂生长的妒忌。

直到这一天，她在陆长亭的暗房里，看到了那满满一整面墙的二姐的照片。每一张都是偷拍的，有正面有侧面有背影，有的甚至只有露在门边的一角裙裾。照片上的二姐不管是哪一个角度，不管是或笑或嗔或恬静或者焦急或者任何一种表情，都美好得让人心颤。

梁芳草忽然想起陆长亭对她说过的一句话："你如果喜欢一样东西，你一定能把它拍得很美。因为在你心里它是完美无缺的，你会尽最大的努力，把它的美拍出来。这就是摄影。"

那么，拍出了这样美得令人心颤的二姐的陆长亭，一定很喜欢二姐，对吧？

这句话，像一颗攒着劲儿蛰伏已久的种子，终于从梁芳草枯寂而又荒凉却总是强行保持着平静的心房里，破土而出。

8

梁芳草拿着陆长亭要的东西从暗房里出来的时候，陆长亭正忙着和林之沐讨论一处民国民居的特点，他并没有注意到她的脸色苍白得有些可怕，更没能理解她为何匆忙地以写作业为由离开了陆家。

"三妹今天怎么这么早回来？"梁芳草推开家门的时候，正好看到二姐在帮妈妈晒被子。阳光很好，穿着一件普通的粉色针织衫的梁芳华刚洗好的长发披散在肩头，纤细的身姿一下一下地把被子抖开，做着这样普通的家务活儿，可她整个人却美得似有仙气。

梁芳草"哦"了一声，就回了房。她看着镜子里那个短发配着被太阳晒得黝黑的脸，还有壮得看起来真的就只是一个假小子的身材，差一点儿，就沮丧得哭了。

午饭，在房间里用网络搜索了半天儿如何减肥变美的梁芳草只吃了一碗饭，就在全家人惊讶的目光里逃跑一样回了房间。

晚饭，妈妈做了她最喜欢的红烧鱼，又去何家烧腊买了叉烧和烧鹅，但她紧闭房门，闻着不断飘进屋的香味，很大声很坚决地宣布自己不吃晚饭。

从小到大都是吃货的梁芳草竟然不吃饭，梁家上下一下子全都惊到了。但好说歹说，梁芳草就是不开门出来吃饭。最后，梁克越急了，对着门吼了一声："不吃饭也可以，出来给我打三趟拳。"

最疼爱自己的父亲发火了，梁芳草听出来了。她打开门出来，真的没往饭桌上看一眼，就到院子里打拳。

知女莫若父，三趟拳完完整整地打下来，梁芳草自己收了势就饿得前胸贴后背地扑向了饭桌。梁芳草饿狼一样扒着妈妈给她留着的饭菜，大姐和二姐笑着看她，妈妈也笑着看她，爸爸倒是没笑，只是哼了一声："别动不动就不吃饭，饭哪儿得罪你了？"

梁芳草很委屈地咬着烧鹅腿："大姐二姐都瘦，就我是一个胖子！"

"你大姐练武费力气，你二姐读书费脑子，你光吃啥也不干，不胖点儿公平吗？"杨婉姝笑着往小女儿碗里又夹了一块叉烧，"吃了这么多好吃的，不长点儿肉岂不是辜负了这么好的饭菜？"

"但我也想瘦！"梁芳草狠狠地咬着叉烧，表着她不知所措的决心。

"那也不能不吃饭，长了个子就瘦了！"梁克越看着爱吃的女儿终于又恢复了好吃的样子，脸上的笑也憋不住了，"吃饱才能长个子。"

"对呀。多喝汤，才能变瘦。"二姐给梁芳草端过来一碗汤，正是她喜欢的白果猪肚汤，白果多，猪肚少，汤料均分，正正好。

"好吧。"美食面前，梁芳草妥协了。

后来她想，她自己大概早就知道自己内心所属，只是，她发现了很多陆长亭喜欢的人并非自己的蛛丝马迹，所以，才一次又一次地暗示了自己继续迟钝下去。

也许，等一等，他就会也喜欢我呢？

也许，再过一段时间，他就会觉得我更有趣呢？

梁芳草就是怀着这样的期待，一天一天地坚持下去的。

9

梁芳草的减肥计划，不到一天就被全家人合力击溃了。

那天之后，她又试过好几次，不吃晚饭或者少吃饭，试图让看起来粗壮如男孩儿的自己瘦一点儿，但是，几乎每一次，妈妈都能用一桌子好吃的，配合爸爸的几趟扎马步或者拳法，再加上大姐二姐的几声轻描淡写的劝慰，她就彻底破功了。

然后，她试图让自己看起来白一点儿。她从来不知道防晒霜是什么东西，从来最喜欢做的事情就是整个夏天都在太阳底下的河沟池塘里待着，她的皮肤除了冷得厉害时的冬天稍微白一点儿，几乎一年四季都是健康得要发亮的小麦色，更严重的是，每个夏天过后，她的皮肤就会变成深麦色。

通过网络，十六岁的梁芳草才知道有个东西叫作粉底。她悄悄地从妈妈的化妆台上的瓶瓶罐罐里"借用"了一次，结果，才跑到陆爷家，就把陆长亭吓了一跳："梁芳草，你这是怎么了？"

她跑回家在镜子里一照，天气太热，她素来爱动爱出汗，她在自己房间里上好的粉，跑到了陆爷家就被汗水糊成了花脸。

梁芳草窘迫得两天没敢在陆长亭面前出现。

在那之前，在她眼里，觉得生活就应该是简单的，困了就睡觉，渴了就喝水，饿了就吃饭，梦里出现的陆长亭，醒来就应该去见。

但是，在暗房里发现了那满满一墙的二姐的照片之后，梁芳草就不确定了。

比如，她很在意在陆长亭面前出糗这件事情。

课间的时候，班上几个女生在八卦，说起了星座，说什么星座和什么星座最配，提到了天蝎座和双鱼座是绝配。

梁芳草马上就想到了自己是深秋出生的天蝎座，而陆长亭是春天出生的双鱼座。

然后，她为这个无意中的发现，整整高兴了一整天。

"阿盛，我是不是个傻子？"放学后，梁芳草与何家盛一起回家。

跟在她身后的何家盛又长了个子，比她已经整整高了一个头还多了。何家盛本来就比她大两岁，因为太向内不说话，总被人当成傻子，成绩也一般，所以与她同年级同班上学。梁芳草从小就对何家盛多有照顾，何家盛被人叫作傻子，经常有小孩儿欺负他，她次次都会出头，甚至会跑去为何家盛打架。所以，两人相差两岁，但也算两小无猜。

"是不是？"何家盛不答话，梁芳草停下脚步，回头看着他的眼睛又问了一句，"我是一个傻子吗？"

何家盛那双清澈的眼睛看着梁芳草，看了一会儿，才慢慢地摇头。

看到何家盛摇头，梁芳草笑了："对呀，我不是傻子，你也不是。所以我们都不是傻子。"

即使知道他已经心有所属，但那又怎样呢？

能有一个喜欢的人是一件很幸福的事情，不管是谁，能找到一个自己喜欢的人非常不容易。

比如我的人生过去了十五年，马上满十六岁了，时光过去了四千多天，才仅仅出现一个独一无二的陆长亭。

所以，承认，陆长亭对于自己来说，绝对与其他男生是不一样，又有什么艰难的呢。

10

十六岁生日之前的那个夏天，梁芳草终于对挣扎已久的内心妥协，承认了，自己喜欢上了陆长亭的事实。

回到家，她经过陆爷家门前的时候，忍了忍，头一低地快速经过，走进了六米之外的家门，一进门，就对正在院子里陪大姐练功的父亲说："爸爸，我要请补习老师！"

"行。"梁克越习惯性地答应了一声，然后才忽然反应过来她要求的内容，猛然呆住回头问她，"你要请补习老师？"

梁克越惊讶是有理由的。梁芳草素来不爱学习，小升初时，家人怕她中考成绩不好，就坚持帮她请了补习老师，结果老师倒是请了，但是不到一周就被梁芳草气跑了。走的时候，老师语重心长地对梁克越说："不是我不肯教，是孩子不想学，我无论如何也教不了呀。"

"中考还有两周。"大姐梁芳海素来稳重淡定，她从梅花桩上利落地跳下来，走到妹妹面前，伸手揉了揉她的短发，"三妹是又想临时抱佛脚了？"在梁芳海看来，就像每个假期她都疯玩，然后总在最后一两天通宵赶作业一样，这次主动要请补习老师，大概也是因为害怕自己考不上高中太丢脸。

"对呀。临时抱佛脚总好过不抱嘛。"梁芳草对着大姐和爸爸嘿嘿地笑，心里想的却是，不，这一次我要抱久一点儿。

"行，等你二姐回来，我把这事交给她。"二女儿今年已经十八了，她从小接触得最多的就是形形色色的补习老师了，要给小女儿请什么样的补习老师，梁克越决定交给二女儿。他自小习武，一身武功精湛，上学不多，但是性格却并不死板，对读书极好的二女儿多了几分尊重。

梁家以开咏春武馆为生，梁克越一直也没太在意女儿们的成绩好不好，对三个女儿都采取自由放任的态度，大女儿愿意学武，将大部分精力都放在练功上，高中毕业后就没再上学了。二女儿则从小就喜欢读书不喜欢武功，一路以来都是功课顶尖儿，去什么补习班请什么补习老师都有自己的主意。三女儿聪慧却调皮，读书也是读的，练功也是练的，就是哪样都不精，倒是最爱想一出是一出。有时候他都治不住她，还得靠二女儿那聪明的脑瓜子帮着。

果然，梁芳草在屋里做了一会儿作业，二姐就敲门进来了。

"爸爸说你要补习，是要请老师到家里来，还是想像我一样去补习学校？"梁芳华笑容温婉地坐在她的床上，像以往一样习惯地随手帮梁芳草收拾她丢了一床的衣服袜子。

　　"二姐你说呢？"这个梁芳草没什么主意，她就是想成绩好一点儿，争取也能考上陆长亭和二姐现在读的高中。这样她还可以和他们一起在同一个学校里待整整一年。

　　"我现在去的补习学校里，有一个一对一的中考特别班，专门给你这样想临时抱佛脚的小屁孩儿。课程是全天际的，我每天下午放学后都有课，晚上我们刚巧一起回家。要去上吗？"

　　"好。"梁芳草应了一声，顿了一下，忽然又问，"陆长亭也和你一起上补习班吗？"

　　"Tam？哦，对。但他不是去补习，他是在那里兼职做外教。有他的班报名补习的小姑娘特别多呢。"梁芳华听到梁芳草提起陆长亭，就多说了一句。

　　"哦，那我也要补习英语。"梁芳草不知道二姐有没有听出自己声音里的失落，不知道为什么，听到二姐叫陆长亭的英文名字，她忽然就觉得那个叫Tam的陆长亭，陌生遥远了许多。

　　梁芳草没能如愿去上陆长亭做外教的班，因为陆长亭教的是美式口语，而她需要的，是能在短时间内迅速巩固提分的课程。但是，她还是暗自窃喜。至少，每天放学后，比她早二十分钟放学的二姐和陆长亭都会雷打不动地等着她一起回家。

　　〈那个心愿，并没有让她快乐。确定这一点，就像我确定自己喜欢她的时候一样。我再次听到了心脏裂开一般的声响。要怎么确定我喜欢她。这个问题，以前我从来没有想过。直到有一天，我看到她藏在树洞里的愿望。她说，希望那个人能喜欢她一次，哪怕时间只有一天。当时，我听到了心脏裂开的声音，那声音真切得让我甚至猛然低头，看看地上，有没有我心碎掉下来的残片儿。有很多的失落，因为我发现了，喜欢她，除了很多的小欢喜，还有很多痛。——林之沐〉

漂洋过海

来看你

2

Piohai

PIAOYANG
GUOHAI
LAI
KANNI

第三章

　　我怯懦谨慎地藏好对你的爱，像小偷藏好偷来的赃物一样，一秒钟都不敢将自己的心暴露于光天化日之下。

——梁芳草

1

从此，梁芳草的每一天，从她与陆长亭的二人行，变成了梁家姐妹与陆长亭的三人行。梁芳草虽然下了补课的决心，但玩性不改，半途总是想偷溜出去玩。梁芳华自然是不许的。

慢慢地，她发现陆长亭开始配合二姐。只要二姐不出现，她把好吃好玩的说得再天花乱坠，陆长亭也绝不跟她走。而二姐在的时候，不管陆长亭有什么事情，都会陪着一起去。

有什么正触目惊心地走向了一个她不知道的方向，梁芳草假装不知，不敢去细思量。

她下课的时候，已经是傍晚七点半了，夏天日长，天色还未全然暗下去，但路灯已经亮起，补习班到家有三站路，刚过了上下班高峰，27 路巴士上的人不算太多，偶尔会有一个座位，梁芳草就会和姐姐挤在一起坐，而身量高挑的陆长亭则站在她们的身侧，脚边放着梁芳草的书包。

梁芳草和二姐抱怨着今天的老师有多么变态，作业出得有多么刁钻，发了多少张无情的卷子，她的嘴巴还要兼顾着吃二姐怕她饿给她准备的点心，所以她三站路都在不停地说话和吃东西。

她不知道，自己偶尔悄悄地转过脸打量陆长亭的样子，有没有被人发现。

一天又一天，抓住扶手稳稳地站成一道风景的陆长亭，像一枚印记，一下一下地戳在她的心上，等她想忘记他的时候，才发现他早已经成为不可磨灭的烙印。

陆长亭真的很好，她每天垂头丧气地从教室里出来的时候，都会看到他，当然还有二姐。他的手上一般会拿着她喜欢喝的奶茶或者果汁，而二姐拿着她喜欢吃的点心，他们在看到她之前好像一直在聊天，看到她之后，就会双双对着她笑，一个说："小妹今天又被老师剥了一层皮吗？"另一个则说："芳草看起来好可怜。"开玩笑般嘲弄了她之后，两个人都会体贴地递过来吃的，陆长亭会顺手接走她手里的书包，然后一路帮她拎回家。

梁芳草发现，陆长亭连说起二姐名字的时候，嘴角都是微微扬起的，眼神里都是浓郁的笑意。

梁芳草知道，一定有什么已经发生了。

但是梁芳草无力阻止。

补习班是一对一教学，三个老师三个学生，其他两个也是女生，几乎从第一天开始，就很羡慕地对梁芳草说："不会吧？学神梁芳华是你姐姐吗？""不会吧？Tam 老师是你的邻居吗？""天呀，你好幸运！"

她幸运吗？

应该是的。毕竟补习学校里几乎所有女生都悄悄仰慕的陆长亭，不但每天会拿着她喜欢喝的饮料等她下课，还超绅士地每天帮她拿书包送她回家。

但是，梁芳草总莫名地觉得自己有点儿悲伤。

那悲伤来自于，陆长亭看自己的时候，那双湛蓝的眼睛清澈明亮，如同森林深处人迹罕至的湖。而在看二姐的时候，那幽蓝的双眸深处，似有火花又似有光亮，似有欢乐又有忧愁，就像这繁复复杂美好又伤感的世界，全都化成烟火藏在了他的眼底。

2

"林之沐！你明天请我去洪兴楼吃早茶呀。"终于考完了最后一门，梁芳草感觉还行，不会做的也不是特别多，反正爸爸答应了，只要她成绩差得不大，看在她努力上进的分上，愿意付借读费让她和二姐上同一所高中。所以，她的考试压力不是很大，考完之后，马上想的就是去吃好吃的。而且想的是有着最贵最好吃的蟹黄包和虾饺的洪兴楼。因为钱不够时间也不凑巧，她忽然想起还没带陆长亭去过洪兴楼呢。

洪兴楼是佛山最好的茶楼。她自己也就只去过两次，一次是爸爸的徒弟请客，一次是上次大姐获得省武术冠军的时候全家去吃的。想到那粒粒饱满的蟹黄包的味道，梁芳草觉得自己的口水都要流出来了。

"为何。"林之沐淡淡地看了一眼梁芳草，淡淡地说了两个字。明明是反问，却并不是反问的语气。

"因为你有钱呀！"梁芳草摊手灿烂地笑，说出了自己认为非常充足的理由，"毕竟我和陆长亭都很能吃，得有钱的人去买单呀，不是吗？"

"梁家的祖宗知道梁家出了你这么一个不要脸的人不？"林之沐差点儿为她的坦诚笑了出来，但他强大的克制力让自己保持了表面的平静，"我不去。"

"哼！不去拉倒！"梁芳草也不纠缠，马上转身要去找何家盛，"我找阿盛去。"

"阿盛傍晚就要去广州。"

看着梁芳草瞬间刹住了脚步并且一脸挫败地回过头来，林之沐脸上终于挂了一抹微笑。

"那位医生只能抽出明天早上的一个小时时间给何家盛，所以今晚他们就要住在广州。"

"阿盛约到那名超级心理专家了？"何家一直都在尽力地找医生给何家盛治疗的事情，梁芳草也知道，哪有一个男孩儿又不是哑巴却从不说话的？说他是傻子吧，他却能识字会读书，成绩虽然不好，但远不算最差的。说他正常吧，除了梁芳草，几乎不跟其他人说话。

"嗯。"林之沐只简单地应了一声，并不想多说关于何家盛的问题。他总觉得何家盛没有任何问题，他只是不想说话而已。

"那你，明天能不能请我去洪兴楼啊？"梁芳草也没多问何家盛的事情，一心继续想办法让林之沐去给她当钱包。

"也不是不能去。不过，你要答应我一个条件。"林之沐站在午后的阳光下，十六岁的少年身姿笔挺，俊秀的单凤眼里光华闪现。

"什么条件，你说！"梁芳草脸上立即又堆满了笑容，一副赴汤蹈火在所不惜的架势，"只要我做得到。"

"不会是杀人放火。"林之沐顿了一下，才继续说，"但我现在想不起来是什么条件。就看你能不能答应。"

"没问题！只要不犯法，只要我能做到，什么条件都行！"梁芳草答应得很爽快，但也聪明地给自己留了后路，到时候如果不好做，那她就说自己做不到不就行了吗？

"肯定是你能做到的条件。"看着她兴致勃勃的样子，林之沐心里不知道是应该无奈还是应该高兴：这种一看就是骗她的借口，她为什么能答应得这么爽快。

3

梁芳草回到家，兴冲冲地跑到陆爷家找陆长亭，和他约明天去洪兴楼饮早茶的事。

陆长亭搬出一大堆的书，似乎要在书里找什么东西，他一边找一边回应梁芳草："听你这么说，好像洪兴楼的早餐很好吃的样子？比关公庙那儿的还要好吃吗？"

"关公庙那儿的和洪兴楼没得比好吗？就好比吧，关公庙是老百姓吃的，而洪兴楼是皇帝吃的。知道吧？那里的蟹黄包全都是从湖北运来的大闸蟹的蟹黄，正宗得要命，简直好吃到不讲道理呀！"梁芳草光是说着，都觉得自己的口水要流出来了，"连我二姐那么挑食的人，都觉得洪兴楼的蟹黄包特别好吃呢。"

"芳华挑食吗？"陆长亭忽然停下了手中的动作，用他那双漂亮的蓝眼睛看向梁芳草，"她有特别不喜欢吃的东西？"

"是呀。我妈整天说，我二姐最难待候了，从小就挑食。"梁芳草很认真地思考了陆长亭问的问题，然后很认真地回答了他，"我二姐不喜欢吃猪肉，连排骨都只吃一块，也不吃羊肉，不吃萝卜，不吃西瓜和芒果，青菜里不吃茼蒿和芥蓝！"

"没看出来呀，芳华还挑食呀。"陆长亭忽然笑了。梁芳草觉得他的笑容里带着一点儿甜蜜，但是，却又隐约知道，这一点儿的甜蜜，与自己并没有什么关系："是呀，我二姐是有一点点挑食。"

"没事。她不吃的，我吃。"陆长亭笑着说了这一句，继续一本一本地翻着他搬出来的那堆书找他要找的东西，"那明天芳华也一起去吗？"

"哦，我还没问她。"梁芳草也不明白，自己的心为什么一点一点地沉了下去。

"让她也一起去好不好？正巧她明天早上也没有补习课。"陆长亭问好不好的时候，抬头看了梁芳草一眼。那一刻，梁芳草心里忽然生出来一丝害怕，很害怕陆长亭眼底那束为二姐而生的烟火，终有一天会绽放在天空，为世人所见。

但是，她又很明白，自己对此束手无措。

她只能说："好。等会儿我回家和二姐说。"

那一夜，梁芳草第一次尝到了很疲惫但是就是睡不着的滋味。她晚上11点去敲大姐的门，大姐睡意蒙蒙地让她到院子里打两趟拳，包管能睡着。她想了想，真的很认真地去打了两趟拳，但她出了一身汗水后，却觉得自己更清醒了。她又去敲二姐的门，二姐倒是给她开门了，不过她开了门之后，二姐就回到床上继续看书，让她自己也找本书看。等她终于找着了一本自己也想看的书，回头一看，二姐已经睡着了。

她走过去蹲在二姐床前，看着睡着了依然美得像仙女一样的二姐，很想像小时候恶作剧那般，去拿个扩音器在二姐耳朵边大声地叫二姐起床陪自己玩。但是，梁芳草没有那样做。

因为她忽然想起，自己十六岁了，不是六岁那个调皮得全家都头痛的捣蛋鬼了。

天边月光微明，梁芳草趴在二楼的栏杆上，看向隔壁陆爷家的院子，那院子里的每个角落她都很熟悉，但因为那里住了陆长亭，她每看一眼，都会觉得心里有一种甜蜜又酸楚的悸动。

4

第二天梁芳草就起迟了。是二姐来叫她起床的，二姐的声音很像妈妈，特别的温柔："三妹，起来了。之沐和 Tam 已经在等着你了。"

"哦。"天色微明才有了睡意的梁芳草翻了个身，想继续睡，手脚像八爪鱼一样搂紧被子，眼睛都没睁开。

"再不起来，洪兴楼的蟹黄包就没有了。"梁芳华笑着打开三妹的衣柜帮她找衣服，并不意外发现自己上次替她收拾好的衣柜现在又乱成了一团。梁芳草对衣服的癖好虽然特别但也简单，她喜欢一个小棕熊图案的衣服，总是一个款式的 T 恤买全了能买的色号，一个夏天就那么换着穿，至于下装，不是牛仔就是运动裤，一条裙子也没有。也不是没有，妈妈每年都会给她买一条的，但是，她嫌不方便，不肯穿。所以，对一直帮妈妈照顾她的梁芳华来说，她的衣服也好选。

梁芳华把衣服拿到床边，然后见梁芳草还在睡，笑了笑去挠她的脚心："昨天是想到今天要吃好吃的所以兴奋得不睡吗？如果现在起不来，待会儿蟹黄包卖完了，昨晚你不是白兴奋了吗？"

"嗯。"梁芳草依然嗯了一声继续睡。梁芳华正想继续挠她脚心逗她，就听到林之沐的声音在院子里喊："梁芳草，你再不起来我就和陆长亭走啦。反正你吃得多，你不去我省好多钱呢。"

梁芳草几乎在听到"陆长亭"这三个字的时候，整个人就呼地坐起来了："等我呀！"

看着梁芳草手忙脚乱地开始穿衣服的样子，梁芳华转身去拿了毛巾给她："洗脸。"

刚套上 T 恤的梁芳草接过胡乱地往脸上抹了一把就往门外冲："快走！再晚吃不上了！"

梁芳草从屋里跑出来的时候，看到陆长亭和林之沐站在她家院子那排梅花桩边儿上的桂花树下，就像两个光线吸引体一般，似乎要与天边明亮的晨色相媲美。

林之沐穿着他素来喜欢穿的白衬衣与卡其色长裤，他的个子又高了许多，大约是去年的时候，他才比梁芳草高小半个头，但现在，似乎比梁芳草已经高出一个头不止了。阳光下，林之沐较普通人要白皙一些的皮肤似在发光一般，但与站在他旁边比他更高的陆长亭相比，林之沐的皮肤似乎并没有那么白。

陆长亭看到了梁芳草，脸上的笑容便深了几分："芳华。芳草。"

梁芳草并不是一个特别细心的人，但是，不知为何，她发现自己对于与陆长亭有关的细节，却越来越锐敏。比如此刻，她就能清楚地感受到，陆长亭虽然看着她笑，但是，明明她先从门里走出来，而二姐跟在她的后面，陆长亭先叫出口的，却是二姐的名字。

又比如吃早茶的时候，她发现陆长亭点的三样菜，全都是她昨天告诉过陆长亭，二姐喜欢吃的。

比如席间，服务员送汤过来的时候，挨着二姐坐的陆长亭侧身几乎挨到了二姐的肩膀，示意服务员从另一边上菜，还说了一句："小心，汤很烫。"

这些小细节，看起来很平常。可梁芳草却觉得它们都是尖刺，一下，又一下地刺在了她的心上。

5

暑假不知道为什么忽然变得漫长。

梁芳草仍然每天带着陆长亭在佛山的大街小巷里穿行，有时候找好吃的，有时候找好玩的。陆长亭拿着他的单反，跟在梁芳草身后寻找他感兴趣的景物与角度。跑累了两个人会在某外街角的小卖部买两根雪糕，你一根我一根就蹲在某个街边，一边看着形形色色被酷暑折磨的行人，一边漫无目的地聊天。

当然，有时候是三个人或者四个人，有时候是林之沐和何家盛，有时候是唐静澜和梁芳华。大多数时候，都只有梁芳草、陆长亭两个人。他们变得非常熟悉，梁芳草知道了陆长亭所有的喜好，甚至他一个眼神，她都能知道他想要什么。而陆长亭也将梁芳草视做最好的朋友，他还把她介绍给了他的美国伙伴："She's fangcao,my friend,so cute！"梁芳草从他的手机视频里，认识了他的哥们儿 Peter，还有哥们儿的女友 Saly.

但令梁芳草沮丧的是，Peter 在那边问，她就是你喜欢的那个女孩儿吗？陆长亭的回答是："不，她只是我的朋友。"

梁芳草知道自己的英语并不好，但是，也并没有差劲到听不懂那句简单的问话与回答的程度。

那一瞬间，有许多东西在梁芳草的心里横冲直撞，但是，她像一个完全听不懂英文的人一样，依旧对着陆长亭的手机屏幕微笑。

有过好多个瞬间，她觉得自己很酷。

真的。

她不知道自己从什么时候开始，变成了一个明明心里痛得要命，沮丧得一直在哭，甚至整个心脏都泡在泪海里一般难受，却依然能够保持脸上笑容的人。

只因为陆长亭说过一句："看到芳草笑，就觉得很多烦恼都变小了啊。"

对呀，他喜欢看她笑。她那么喜欢他，于是就只想做他喜欢的事情。即使那对她来说，艰难得如同赤脚走在刀尖之上。

偶尔，梁芳华会在她没有补习课也不想在家看书的时候和他们一起出去玩。有梁芳华在的时候，陆长亭就变了许多。梁芳华不在时，他一直有很多问题，不断地问来问去。但只要梁芳华在身边，他就变得沉默少言，有时候还会不知道什么原因出个糗，比如，会拿不住自己的相机，会被路边的台阶绊倒，还会不知道怎么搞的一头就撞在路边的某一面墙上。

有一天，甚至不小心一屁股坐在了一盆仙人掌上，梁芳草姐妹费了老大的劲儿才把高大的他扶了起来。

之前，看着陆长亭又痛又窘的样子，梁芳华表面上并没有表示出什么关注，但回到家之后，和梁芳草独处时，她会忽然说一句："三妹，你说 Tam 是不是因为个子太高了所以手脚不协调，所以总是出状况呀？"

"不知道呀。"梁芳草淡淡地回了一句，心里默默地接上了下半句：二姐，他平时很好。他平时很灵活，很帅气，像一个完美的发光体。他只有在你面前，才会那样紧张得不知所措。

可这样的真相，连她自己都不想面对。她又怎么舍得这样就告诉了二姐？

元旦过后，父亲和大姐在准备过年时的舞狮活动。陆长亭非常好奇，一边拿着相机一直在拍，一边兴奋地与梁芳华说着什么，一长串的英文像跳跃的音符。二姐也用英文轻轻地回答陆长亭，就像温柔的小溪。

陆长亭看着二姐笑的样子，像看到全世界的花都开了。

梁芳草看着陆长亭看二姐笑的样子，第一次觉得佛山的冬天好长，长到怎么也过不去一个寒假。

为了听懂陆长亭与二姐在聊什么，也为了打发长长的寒假，梁芳草央着妈妈多给自己报一个英文口语班，晚饭的时候，妈妈就和爸爸提了一句，小女儿要学习，爸爸很快就应允了，但二姐说："我和Tam一起帮你补不好吗？"陆长亭正巧也在梁家蹭饭吃，非常热情地对梁克越说，有他这个英文补习老师，何必还去报班？

爸爸同意了二姐的提议，全家人都觉得很好。

可是梁芳草觉得不好，真的不好。即使二姐还感受不到陆长亭的心意，她却再也无法忽略陆长亭对二姐的注视。那包含欣赏与爱意的每一眼，对她来说，都好像是地狱。

6

世上唯有爱与咳嗽不能忍耐。

梁芳草不知道自己还能忍耐多久。她觉得，应该不会太久了吧。

夏天的时候，她决定开始穿裙子了。

那是一条牛仔背带裙，妈妈新给她买的，二姐帮她挑的。

杨婉姝是一个特别有坚持的妈妈，不管女儿们穿不穿，她每年都至少会给三个女儿各买一条裙子，她认为女孩儿就应该穿裙子。尽管大姐梁芳海因为每天都要坚持练功很少穿裙子，小女儿更是生了个男孩儿性格根本看都不看那些裙子一眼，但是她还是每年都买。而且会特别去打听一下今年少女们流行的款式，才一人一件地给女儿们置办回来。

梁芳草长了一点儿个儿，大概有一六二左右了。所以她虽然体重没变，但她自己觉得自己看起来瘦了一点儿了。

穿好背带裙后，梁芳草看着镜子里的自己，上下左右都觉得怪怪的极不顺眼，特别是头上她为了留长发而故意不去剪，然后现在就长得不长不短的，怪怪的，她夹上了从二姐房间里摸来的一枚浅蓝色发夹后，差点儿没被镜子里的自己吓了一跳：镜子里的那个小丑女孩儿到底是谁？！

"梁芳草，中考分数出来了。想知道你考多少不？"正在镜子前郁闷的时候，院子里忽然传来了林之沐的声音，一听到"中考分数"这四个字，梁芳草心里就弹了一下：她考上了吗？

她从房间里直接冲到了二楼的小阳台上，对着院子里的林之沐大喊："快说！我考了多少？"

她身上还穿着她从未穿过的裙子，头发上还蹩脚地夹着二姐的发夹，唯一与以前不变的是，她用来配牛仔裙子的，还是她天天都穿着的小棕熊 T 恤。

林之沐很明显为她的装扮愣了一下，才报了她的分数："一高差十分。"对于从来不用心于功课，最后一个月才拼命上补习班的梁芳草来说，这真是一个奇迹一般的好成绩了。但梁芳草的脸瞬间就垮了下去："不要呀！爸爸说差五分就送我上，现在怎么办呀！"她大叫着往楼下跑，完全忘记了自己正穿着裙子，等从屋里跑出来却正巧看到脚迈进梁家院门的陆长亭的时候，她已经因为自己收势不及在门槛上绊了一下，直接摔倒在了门厅前。

更惨的是，她摔得太狠了。因为嘴里还说着话，一颗门牙正正地磕在门前的青石板上。

牙倒是没掉。但几天之后，当她摔得红肿的嘴唇恢复正常的时候，她总觉得自己的门牙怪怪的。对着镜子仔细地看了一下，才知道，左边的那颗门牙，给磕掉了一小块儿。虽然看起来并不明显，但是，她的舌头和嘴唇都知道，那里受伤了，掉了一块儿。

梁芳草在后来看到门牙上那一个小小的豁口的时候，就会清楚地记起当时打扮蹩脚的自己在陆长亭面前摔得到底有多狼狈，而当时的狼狈给她心里留下的伤痕，就像那个小小的豁口一样，成了至死不消的永恒。

7

一高是全佛山最好的高中，如果考不上，是要交高额借读费的，差一分要交一万块。

梁克越说过，如果不超过五分，他会无条件花钱送梁芳草去一高。

现在整整差了十分，梁芳草就很沮丧。她自然是知道这原因并不是父母无情，而是因为自己之前贪玩不努力。

梁芳草垂头丧气地提出自己要去上高中预备班，信誓旦旦地说自己一定努力，等到成绩好得不得了的时候，再申请转学到一高去。

梁克越很认真地说看她的表现，转过身之后，却开始悄悄地去给她交借读费办理她去读一高的各种手续。

梁芳草不知道爸爸疼爱自己已经做出了很多的妥协，她一想到不能在家附近的一高上学，而要去离家很远而必须住校的二高，她就沮丧至极得想吐血，暗恨自己以前为什么不肯早一点儿努力。

梁芳华看妹妹不开心，在补习班放学后，就叫上了她的小伙伴们一起去吃大排档。

陆长亭自然也是最积极的一分子，不但因为他也喜欢大排档，还因为梁芳华也去。

佛山是南方小城，一年四季中除了寒冷的冬夜，吃夜宵的夜市大排档布满了大街小巷。梁芳草姐妹和林之沐他们，小的时候是大人带着去，再长大一些之后，是小伙伴们一起去，自然早就成了日常生活的一部分。

刚开始的时候，陆长亭对于佛山人的夜生活觉得极新鲜和好奇，对佛山人竟将吃夜宵这一项活动视作日常消遣活动的事，慢慢也习惯，甚至也喜欢上了。

所以，刚开始的时候，其他人还需要你一句我一句地逗梁芳草说话，等到点菜的时候，梁芳草就放飞了自我。烤生蚝、焯海虾、炒牛河、猪肝粥、肚肺汤，一溜儿的菜名儿点得那叫一个欢乐，一边点菜还一边对陆长亭说，这个菜哪个摊位做得最好，这个摊位最好的是哪一个菜，老板和老板娘炒的菜的味儿还不一样，完全是一副资深吃货的架势。

小姑娘叽叽喳喳地说着，同样陪着她吃了不少地方的黄静澜偶尔插嘴一句，向来少话与从不说话的何家盛就默默地听默默地听。陆长亭则仍像以往那般，问题很多，只不过，他问完问题之后，那双蓝色的眼睛就会看向梁芳华，眼睛中闪着期待。如果梁芳华回答了，那眼里的光华就会笑成水纹，如果梁芳华没有回答，那期待会暗淡下去，然后转头看向梁芳草："芳草告诉我一下可以吗？"

梁芳草虽然会吃能吃，但是，对于各种吃的来历却知道得不多，平时听谁说起，也不曾用心去记。倒是聪慧又爱读书的梁芳华，虽然不似梁芳草知道一样东西哪儿的最好吃，但却几乎都能说出食物的来历与故事。

陆长亭看着娓娓道来的二姐时，那充满了赞赏与笑意的眼神，像一把又一把的肥料，疯狂地催生了梁芳草心里的自卑，它们像旺盛的荆棘，很快长满了她的身体。

8

为了掩盖自卑所带来的失落感，梁芳草选择了她觉得最容易安慰自己能让自己最快心情好起来的方式，那就是吃。

那天晚上，她吃了很多东西。虽然她一向都很能吃，但是，那天晚上她吃的数量多得有点儿惊人。她还要再点一盘烤生蚝的时候，林之沐挥手阻止了老板："不要了，给上一份海鲜粥吧。"

"喂，我还想吃呀！"梁芳草瞪着林之沐。

"明天再吃吧，刚才你吃了三份了。"梁芳华笑着给三妹递过去一张纸巾示意她擦嘴，"一次吃太多，等下回家该肚子痛了。"

梁芳华说话的声音一向很温柔，哄梁芳草的样子，更像是哄小孩子一样。她虽然只比梁芳草大两岁，但她从小聪慧懂事，很会帮着妈妈照看皮得不行的梁芳草。她了解妹妹自小就爱吃，而且像不知道饱一样吃不够，大概是因为这样，经常会吃多了把自己撑得胃发痛。

"但是我还饿。"梁芳草说得很委屈。但她心里感觉到的却并不是饿，而是就像二姐说的那样，肚子已经有点儿痛了。她自己的毛病，她当然也知道，应该是吃太多了又撑着了。但是，她觉得心里很空落很不开心，她想让食物帮自己变得开心一点儿。

"真的还饿吗？"陆长亭蓝眸一闪，双手把自己面前没吃的两个烤生蚝端到了梁芳草面前，"那吃这两个吧。再好吃一次也不能吃太多。上回我吃到撑，你是这么对我说的。"不知道是不是受了梁芳华的影响，陆长亭对梁芳草的态度，也变得越来越温柔与纵容，就像是对自己的妹妹一样。

梁芳草接过那两只生蚝，笑着说谢谢，心里却忽然下起了雨。她低头吃的时候，差一点儿就没有忍住眼泪。那泪水到底被她硬生生地逼了回去，只是不知道是不是因为眼泪倒流的关系，她觉得自己不只是胃，连全身都开始剧痛起来。

陆长亭借口去洗手，悄悄地走到结账台那边结账。这一点，他是跟林之沐和梁芳草学的。在美国的时候，通常都是AA，或者说好了谁结账，谁就会去结。但在中国，他慢慢发现，即使他说了他结账，梁芳草和林之沐总是会悄悄地在大家没觉察的时候，在恰到好处的时机把账结了。

一开始的时候，陆长亭觉得很不好意思。但是慢慢地他发现，这是他们表达重视与表达友谊的方式，所以，他觉得自己也得学会这种结账方式，毕竟，一起吃饭的人里，有他喜欢的女孩儿。

结完账，陆长亭把账单放进了口袋里，转身就看到了林之沐，他笑着对林之沐说："今天我来。"林之沐似微微地挑了一下眉，显然对陆长亭居然也学会了中国式的结账方式而有点儿惊讶。这时候，梁芳草却猛然冲了过来，经过林之沐的时候，差点儿撞到了他，两人还没回过神来，就看到梁芳草扒着路边的大垃圾桶呕吐起来。

除了爱与咳嗽不能忍耐，呕吐也不能。梁芳草很想忍住的，但是她忍不住。她只能借呕吐的机会，让再也藏不住的眼泪奔涌而出。

9

梁芳草的眼泪一直止不住，脆弱的胃把食物都吐完了，眼泪却仍然一直往下掉。梁芳华搂着她，轻轻地拍着她的背，另一只手接过陆长亭递过来的纸巾，帮她清理脸上的污迹与眼泪。

梁芳草自是伤心的，伤心得说不出口，她喜欢的那个人眼里心里的人都不是她，这样隐秘的伤心，又怎么说出口？而这伤心又夹杂着难堪，难堪于自己在陆长亭面前这样丢人。一直说着还饿，然后就一直吃，然后就吃到忍不住吐了，吐在了他的面前。

一起回家的路上，梁芳草是这样解释自己一直还掉个不停的眼泪的："郁闷，辣椒好像抹到眼睛里了。"

"让你贪吃。"梁芳华嘴上责备着小妹，手上却细心地用林之沐递过来的纯净水弄湿了手帕仔细地帮她擦眼睛，"是哪只眼睛？还是两边都抹到了？"

"要去医院吗？"陆长亭看梁芳草的眼睛红得厉害，而且一直在掉眼泪，再加上梁芳华俊秀的眉宇间流露出来的淡淡的担忧，他也不由得担心起来，"辣椒会伤害视网膜吗？还有没有哪儿不舒服？"

"要不去诊所让医生给你冲洗一下眼睛吧。"陆长亭这么一说，梁芳华也更担心了。

梁芳草赶紧摆手："不要不要。我哭一哭就好了，眼泪会把辣椒冲出来的。"说完，她觉得自己找到了一个完美的掉眼泪的理由，就那么从大街上一直哭到了家里，为了假装自己只是被辣得掉眼泪而不是哭泣，她硬生生地忍住了哽咽，忍得胃都痛了起来。

那天晚上，因为心里难受，以及胃一直都在隐约作痛，梁芳草又失眠到了天明。天将亮的时候，她听到了爸爸起床的声音，接着，大姐也起来练功了。她支着耳朵，想透过爸爸和大姐的拳风与棍声听一听陆家那边的动静，听了一会儿，就迷迷糊糊地睡了。早饭的时候，似乎听到妈妈在叫她，她眼皮沉重，懒得回应。然后二姐和妈妈就进来了，她听到二姐小声地解释了说她昨天不舒服的事情，爸爸和大姐也进来摸了摸她的额头。

梁芳草病了。倒也不是太严重，就是发烧，烧得也不严重，一直都是三十八度左右。她向来是怕打针的，死活不肯去医院，父母见她还算有精神，就没再坚持。

梁芳草迷迷糊糊地躺在病床上时，听到门外的陆长亭在向爸爸道歉，说他不应该把最后的几只烤生蚝给她吃。爸爸大抵是被她低烧不退心烦，哼了一声说了句："不怪你。但你要知道，这是我心肝儿一样的小女儿。"二姐也赶紧说是自己没把小妹照顾好。爸爸的语气软了些，但还是说了句"她不比你懂事，你要看着点儿"。

梁芳草又心酸，又愧疚。作为家里的小女儿，未出生时爸爸就寄望她是个儿子，倾注了很多的爱，发现是个女儿后，爱也没有收回去。比起大姐要承担家业，二姐很优秀也备受忽略，她从小就性格单纯爱玩爱闹，活得没心没肺。

这一烧，就烧了三天。

这三天里，林之沐来看了梁芳草一次，何家盛几乎是从早上就来梁家，到傍晚才走，连午饭都是在梁家吃的，何家盛不说话，却很乖巧，他坐在院子里看梁家人各自做事，陪梁芳草在客厅里看电视，就像是梁芳草的影子。

陆长亭也几乎从早到晚都在梁家待着，只不过，他不是梁芳草的影子，而是梁芳华的影子。早上，陆长亭和梁芳华一起去补习班，晚上来梁家和梁芳华一起做功课，也不知道他是怎么对梁芳华说的，梁芳华答应帮他补习英语以外的所有课程，于是，两人几乎从早到晚都待在一起，直到睡觉之前才分开。

梁芳草知道，有些什么东西在疯狂地生长着，但是，她只能眼睁睁地看着，而完全无能为力。

10

在家里病恹恹地歪了三天，梁芳草终于好了。低烧退了，一大早她觉得自己神清气爽，马上呼朋唤友要去吃早茶。

她像往常一样起床就跑到了陆家，进门就喊陆长亭："陆长亭陆长亭，我好啦我好啦，我们去饮早茶吧！"

过了一会儿，皮肤白得透亮的黑发美少年才从里屋走出来，一双湛蓝的眸子还带着一点儿睡意："芳草你好啦？"

"对呀对呀。我好啦。我现在超想吃鸡汤虾饺的！我们一起去吃吧！"梁芳草特别兴奋，因为她特别喜欢吃鸡汤虾饺，而陆长亭也特别喜欢，两人每次都能各吃五份还想再点，想到自己喜欢的东西他也喜欢，她就觉得心里莫名欢喜。

"好呀。我也想吃虾饺呢！"陆长亭笑了，像个兄长一样忽然伸手扯了一下梁芳草头顶上一绺不知道为什么老是翘起来的头发，"我洗漱一下，你去叫一下芳华。吃完之后，我们刚巧一起去补习班。"

陆长亭不过是因为太过喜欢梁芳华，天天见她像照顾小朋友一样照顾梁芳草而起了同理心，就像哥哥对妹妹表现出一丝亲昵。可到了梁芳草这里，却感觉自己头上那一绺被陆长亭扯下去的头发，像过了电一样，让她全身的血液都飞快地奔跑起来，她甚至能听到自己的心跳声，怦怦怦跳得又急又乱。

"哦，好。"梁芳草答应的声音有点儿慌乱，她飞快地跑开，在陆长亭眼里，她只是像以往那样爽快利落，他心里记挂着马上可以见到梁芳华，哪里会注意到她的小心思？

梁芳草心脏密密跳着跑回家时，向来早起把自己收拾得干干净净的梁芳华正好从屋里走出来："小草今天这么早？看来是真好了。"昨天入睡前是她去给梁芳草量的体温，已经正常了。以她对妹妹的了解，这活蹦乱跳的模样，想来是已经好全了。想到病了几天的妹妹终于好了，梁芳华没忍住释然放心的笑容，眉目明媚的精致少女，在清晨的阳光里笑，似会发光一般动人。

梁芳草低头看了一眼穿了运动裤与 T 恤的自己，不知道为什么被一种小小的难过袭击了。

陆长亭看起来那么高兴，是因为想和她一起去吃虾饺，还是因为二姐也会一起去？

三人走到巷口，遇到了林之沐和何家盛，林之沐比何家盛小两岁，十六岁的少年似已慢慢长开了，个子很高，已经与十八岁的何家盛并排了。

"好了。"何家盛的眼睛盯着梁芳草，忽然说了两个字。梁芳草是听见过他说话的，自然不稀奇，而几乎从来没有听见过他说话的陆长亭和梁芳华都诧异地望向了他："阿盛，你说话了？"

"对呀，我好啦。"梁芳草马上就理解了何家盛那两个在其他人听来莫名其妙的字所表达的意思，然后还转头对陆长亭得意地说，"我没说谎吧？我早就说过了，阿盛会说话的。"

〈很多人都没有听到过阿盛说话，但我一直都相信阿盛是会说话的，即使几乎所有人都没有听过他说话。因为她说阿盛会说话，我就坚定地信了。她活泼好动，但从来不是信口扯谎。她得意地问我是不是也听到阿盛说话了，我点头，别开了眼睛不敢再看她。她病了几天，向来有点儿婴儿肥的脸清减了些许，一双眼睛很大，眸子幽黑又有着清亮的光，太好看了。——林之沐〉

PIAOYANG
GUOHAI
LAI
KANNI

第四章

　　总是梦到他的眼睛，深若远空又似漫天星光暗藏。只是没梦到过他的笑容。是呀，他不爱我。
　　我知道，他的笑容只给别人。

——梁芳草

1

那天的早餐吃得很愉快。或者可以换一个说法，不管何家盛说话
不说话，不管林之沐是不是惜字如金，不管陆长亭是不是又想见梁芳
华又在梁芳华面前掉链子，只要有美食和梁芳草在，大家就不会无聊。

快结束的时候，林之沐悄悄地去结了账，结完账之后，便遇到了
也想来结账的陆长亭。陆长亭对林之沐笑了一下："我希望在和我喜
欢的女孩儿吃饭的时候，自己能有结账的机会。"

"下次。"林之沐只回答了两个字。陆长亭挑挑眉没再执着于话
题，只在心里提醒自己以后要比林之沐快一点儿。他总感觉林之沐这
个男孩儿虽然年纪比自己小两三岁，可是心思言行却很成熟稳重，一
点儿都不像一个十六岁的男孩儿。陆长亭不太在意其他人的细节，但
他却很注意梁芳华，刚才看到梁芳华看了一眼账单，心想她可能是想
去结账，于是便抢着来了，没想到林之沐还是抢先了一步。

　　他们走开之后，梁芳草从一个拐角里慢慢地走出来了，一张脸难掩失落。她是去洗手间的，走过收银台这里看到陆长亭，便停下了脚步，也听到了他的那句话。

　　我希望在和我喜欢的女孩儿吃饭的时候，自己能有结账的机会。

　　他喜欢的女孩儿是谁?

　　今天一起吃早饭的女孩儿，一个是二姐，一个是她。会是自己吗? 梁芳草想起陆长亭暗房里的那些照片，心里苦笑一下，只觉得心里一片荒芜，可偏偏又有种子埋在底下就是不肯死心，蠢蠢欲动。

　　这个暑假，对于陆长亭来说，是很愉快的，因为梁芳华为了配合妹妹每天的上课时间，也是每天都去补习班的。他为了能每天和梁芳华一起去上课再一起放学回家，向补习学校申请了加课时，因为他吸引了很多女生报名补习美式口语，补习学校自然乐得赚钱，对陆长亭的要求几乎是有求必应。这样一来，陆长亭的收入自然也多了起来。

　　梁芳草这时候还不知道爸爸已经在悄悄地办理她入一高的事情，所以一心想自己考进一高精英班的她很用功，每天一大早就出门，像正常上学一样到了晚上七八点才下课。

　　而身为高三生的梁芳华和陆长亭反而比她轻松不少，有时候下午两人都没课了，但是为了陪她，两人也没离开补习学校，一般都是在空教室里做作业看书等她一起再回家。

　　这天梁芳草很开心，觉得上课做题也特别顺利，因为早上陆长亭说，补习学校给他发工资了，到晚上他要请大家吃好吃的，而且，他为了谢谢梁芳草曾经送给他的礼物，他也有礼物要送给梁芳草。

想到陆长亭竟然会想要送自己礼物，梁芳草都有点儿坐不住。会是什么礼物呢？

一下课，梁芳草第一个从教室里跑了出来，像往常一样，二姐和陆长亭已经等在教室外面了。陆长亭的手里，还捧着一个包装好的礼物盒！

那一刻，在梁芳草很养眼，长身玉立，双眸碧蓝，微笑着把礼物盒递给自己的陆长亭，与童话里的王子，又有什么区别呢？

2

"芳草，这是送给你的礼物。"陆长亭双手捧着礼物。

梁芳草一颗心跳得都快要蹦出胸膛外了，她忍不住伸出一只手捂到了胸前。陆长亭看着她激动得像一个惊喜的小孩子，笑得眼睛更弯了，湛蓝眸子里的光，与他身旁宠溺地看着梁芳草的梁芳华出奇一致。

他问："不打开看看吗？"

梁芳草再难掩饰自己的激动，一下子把手里的书包丢在地上，把礼物盒接过来，转身就坐到旁边的椅子上拆了起来。

"有了礼物书包都不要啦？"梁芳华笑着责怪了小妹一句，眼睛里却是怜爱的笑意，她低头把梁芳草丢下的书包捡了起来，马上就被一直在注意她动静的陆长亭伸手接了过去，如果不是梁芳华总是很坚持要背着自己的书包，他都想把她手里拿的书背的书包通通都拿过来，只让她像一只轻盈的蝴蝶在他面前起舞就好。他知道她很强，可是他想呵护她，无时无刻不想。

梁芳草忙着拆手里的礼物，无暇顾及去看陆长亭看向梁芳华时那充满了切慕的眼神。

礼物终于拆开了，是梁芳草一直想要的单反相机！与陆长亭用的那个是同一个牌子，虽然只是入门版，但也要不少钱呢。梁芳草缠了好久爸爸妈妈，他们都没给她买的！

梁芳草兴奋得举起相机对准二姐和陆长亭就按下了快门。

那天梁芳草真的非常开心，晚饭是陆长亭请客，当然，也叫了何家盛、黄静澜，还有林之沐。陆长亭本来想请大家去西餐厅，但是商量之后，大家都觉得牛排与沙拉完全不能代表佛山人的胃口，于是还是决定一起去吃最喜欢的大排档。

梁芳草的胃口仍然很好，吃着吃着她觉得肚子有点儿痛。但这一次她没像上次那样继续狂吃，而是放下了筷子，继续玩她的新玩具——陆长亭送给她的单反相机。她像宝贝一样拿着相机这儿拍拍那儿拍拍，她的镜头下，拍的最多的，自然是陆长亭。镜头下，她越来越发现他的好，他个子很高，皮肤白皙，手脚修长，不管站着还是坐着都特别好看。他的牙齿很白，蓝眸深邃，鼻梁高挺，侧颜简直美得可以杀人。

他很完美。

自己喜欢的，是一个完美的人。

这个认知，在梁芳草的心里，蹦蹦地乱跳了几下，又羞涩，又欢喜。

这美好的一天，在梁芳草晚上因为睡不着，一张一张地整理拍下的那些照片的时候，才慢慢地被淡淡的忧伤一点一点地盖过去：

她借着摆弄相机的时候，偷偷地拍了很多陆长亭的照片。可在所有的照片里，陆长亭的目光几乎都在看向二姐。

二姐就坐在她的旁边，而陆长亭和林之沐并排坐在她们的对面，陆长亭的目光看起来似乎是看向她的镜头的，但是，她只要仔细地观察，就知道，那双湛蓝的眸子，看的是自己旁边的二姐。

梁芳草所担忧的那些事情，应该已经发生了吧。有些她假装看不见的表现，已经很明显了吧。只是她还不甘心，所以，总是假装看不见。

3

第二天是周末，梁芳草夜里睡得晚，心情又有些低落，便没有早起。还在床上迷糊呢，便听到楼下院子里传来了陆长亭与二姐说话的声音，梁芳草几乎是在瞬间就清醒了过来：

"芳华，小草呢？还没起床吗？"

"嗯。估计是昨晚收到你的礼物，一时高兴自己玩得很晚。要出去吗？"

"嗯，想和小草出去逛一逛。"

"我去叫她起床。"

二姐敲门进屋的时候，梁芳草还在床上发愣，陆长亭明明看到二姐有空，却没有开口叫二姐陪他出去逛，而是叫自己陪他出去？什么意思？

"怎么了？不舒服吗？"梁芳华发现妹妹已经醒了，睁着一双大眼睛出神呢，她以为妹妹又病了，于是坐到床沿，很自然地伸手摸梁芳草的额头试温度。

梁芳草微微地偏开头，不知道为何，现在她不想像以前那样像依赖妈一样依赖聪明温柔的二姐了。

"Tam 想和你一起出去逛逛呢，他在楼下等你，不想去吗？"梁芳华没有觉察到妹妹的别样心思，以为她只不过是想赖床，站起来打开她的衣柜帮她找要穿的衣服，"昨天不是拿到了一直想要的相机吗？今天刚巧和 Tam 出去试一试，你不是说 Tam 拍得很好吗？你让他教教你。"

"二姐，你为什么总是叫陆长亭的英文名字呀。为什么不像我们一样叫他陆长亭？"梁芳草一边接过姐姐递过来的衣服换上，一边问出了一直以来心里想的问题。

"Tam 和陆长亭，哪个发音更简单？"梁芳华愣了一下，才笑着问妹妹。

"Tam 一个音节，陆长亭三个音节，当然是 Tam 更简单呀。"
梁芳草回答完，就傻乎乎地相信了，她心思简单，一向又对二姐很信
任，所以二姐说了，她也就信了。她拿着新相机跑下楼的时候，也没
有注意二姐有点儿若有所思的眼神。而梁芳华看着在自己面前欢快地
跑向陆长亭的小妹，心里仍然在想小妹刚才问的话，是呀，她为什么
总是坚持叫他的英文名而不是叫他的中文名字呢？是真的因为发音简
单吗？还是因为她捕捉到了他的思乡情绪？

"今天你想去哪儿？我们去吃闷牛杂吧？"看到阳光下风华动人
的蓝眸少年，梁芳草的心情又好了起来，在清晨的阳光下笑得露出了
一颗洁白的小虎牙。

"行呀。不过有件事情我想请你帮个忙。"陆长亭看着活泼的小
妹妹，心情也很不错。

"什么事？快说。"在梁芳草这里，只要是陆长亭提出来的事情，
只有帮不帮得好，不存在她会不会帮忙。

陆长亭接下来的话，却让原本欢喜的梁芳草，一下就酸楚起来：
"我今天想请你带我去逛一逛佛山最好的商场，还想让你帮我挑一样
生日礼物。芳华应该是下个月就过生日了吧？"

"对呀，我二姐是狮子座！"梁芳草和班上几个喜欢星座的小姑
娘玩得挺好，所以对星座有些了解。

"哦，那狮子座和双鱼座是情侣星座吗？"陆长亭饶有兴趣地又

问了一句，他的蓝色双眸里是期待的光芒，那光芒却像烈火，将梁芳草心里刚长出来的一点点希望烧毁了：狮子座是二姐，双鱼座是陆长亭。若非有意，何必问这两个星座是不是情侣星座？

4

"狮子座和双鱼座呀，好像是最佳同事星座呢。"梁芳草若无其事地应着，心里却难过得似闷了一口冰冷的水，有点儿冷有点儿痛，知道不会死，只是止不住地难过。

"最佳同事星座吗？呵，难怪我觉得和芳华一起做事很愉快。"陆长亭却并不介意只是最佳同事星座，在他眼里，只有最佳那两个字，至于同事或者情侣，重要吗？

"你想给我二姐送什么样的礼物？"梁芳草问出这个问题的时候，心里很不情愿，但是又很好奇。不就是礼物吗？她没有过生日，陆长亭也给她送礼物了呀，崭新的昂贵的相机现在不正在自己手里拿着吗？

"我也烦恼这个呢，就是因为我不知道送给她什么，所以才找你来帮忙的呀。"陆长亭说到这里，蓝眸里竟然闪过了一抹少见的羞涩，"你是芳华最疼爱的妹妹，你大概知道她喜欢什么东西吧？"

"我当然知道呀，二姐喜欢……"说到这里，梁芳草忽然停住了，二姐除了喜欢读书，她还喜欢什么吗？喜欢吃好吃的？不太对，因为妈妈总是说二姐最挑食了。喜欢漂亮的衣服？好像是，但是，二姐的衣服大多数也都是妈妈买的呀，要不然就是校服了？喜欢电子产品吗？不会呀，去年生日爸爸说要给二姐买一部手机，二姐都没要。喜欢水晶或者漂亮的首饰吗？梁芳草又仔细地想了想，二姐的书桌上，除了书，还有一个首饰盒子，她和大姐也各有一个，妈妈给装备的。她的用来装弹珠，大姐的用来装奖章，二姐的里面装了发夹，可那些发夹也不是二姐自己买的，大多数都是妈妈给买的。那么二姐到底喜欢什么呢？

梁芳草想了一会儿，也蒙了："我也说不准二姐喜欢什么呀。"

"哦，这样呀。"陆长亭接受了梁芳草的答案，很理所当然的，梁芳草就是受家人宠爱的小孩子，平时不太注意这些也是正常的，"没关系，我们可以讨论一下，你给我一点儿意见就行。"

梁芳草这会儿真的觉得心里有些愧疚了，二姐对她很好，可是她好像没什么良心，二姐几乎知道她所有的喜好，她却连二姐喜欢什么礼物都想不到。而陆长亭嘴上虽然不太介意，眼底明显的失落也让她心里又多了些难过，她不想看到他难过："没事儿，我今天晚上回去帮你打听打听我姐喜欢什么，我们明天再去买。现在我们先去吃好吃的怎么样？"

"行，吃完我们去试试你的新相机吧。"陆长亭自然愉快地答应了，阳光下笑得灿烂。梁芳草看着他的笑容，心里却涌起了惆怅：她见不得他难过，也见不得他喜欢二姐，她想要永远这样能看到他灿烂美好的笑容，可她要怎么办才好？

5

那天吃了焖牛杂后，两人又去吃了烧鹅粉，吃了烧鹅粉后，又去吃了姜撞奶，吃完姜撞奶之后，一人一杯冰冻的绿豆沙坐在街边树下的凳子上喝，两人都是瘫在椅背上的姿势。梁芳草用眼角余光看了一眼陆长亭穿着牛仔裤子的两条长腿，耳朵听着他喝绿豆沙的声音，不知道为什么觉得脸一点一点地热了起来。她别开眼睛不再看陆长亭，但心里并没有觉得好过很多。不知道是不是因为太阳的关系，在南方烈日下逛了大半天，相机里拍得满满的，肚子也撑得有点儿发痛，又喝了两口绿豆沙，胃里那隐约的痛便越加明显起来。

"芳草，你说，如果我喜欢芳华，想让她做我的女朋友，有可能吗？"

这句话，是在两人安静地享受着午后冰冻绿豆沙的清凉之后，陆长亭忽然说出来的。他问得很认真，认真到甚至坐直了原本像梁芳草一样瘫倒在椅背上的身体，一双眼睛看向梁芳草，湛蓝的眸子里满是殷切的期待。那种期待让梁芳草觉得，如果她回答不可能，他眼睛里的火花就会永远熄灭掉变成灰暗一片那般。

"有呀。"隔了好一会儿，梁芳草才听到自己说了两个字。不知道为什么，那两个字很陌生，那声音也很陌生，陌生得就好似并不是她自己在说话一样，好像心脏的地方，"刺"的一声响，裂开了一道看不见的缝，就像是一个完整的苹果，因为充满了甜蜜的忧伤，所以忽然裂开了一道口子一样，很痛，但好像又不是那么痛，但那痛不消失，总是在，永远在。

"真的吗？"陆长亭这次干脆从椅子上站了起来，他看向梁芳草，向他喜欢的人最疼爱的妹妹认真地寻求信心，"你真的觉得她有可能会答应我？"

从梁芳草的角度看，个子高高的站得笔直的少年，像一位沦落在凡间的天使，他黑色的发那么完美，他湛蓝的双眸也那么完美，他在这树的阴影下都白皙得发光的皮肤让他更完美得像神，而不是人类。梁芳草知道，自己有可能着魔了，可是，她积聚了全身所有的力气，都找不出来哪怕是一丁点儿打击他的理由。

她想让他开心，她想让他笑，她想让他蓝眸里的光，永远闪耀。

于是，梁芳草坐直了身体，站了起来，她收起了笑容，很认真很认真地说："当然可能呀，她是我的二姐呀。"

她说这句话的时候，并不知道梁芳华是她的二姐与梁芳华是否愿意做陆长亭的女朋友有什么关系，只是在她这样回答完之后，她看到有惊喜像烟花一样在陆长亭的双眸里绽放。然后，陆长亭忽然伸出了手，飞快又很结实地拥抱了她，随即放开转身蹦了一下："太棒了！"

那个拥抱飞快得大概只有二分之一秒，甚至有可能不到二分之一秒，完全是陆长亭的美式思维美式公共关系里的一个习惯性庆祝动作。但是，在梁芳草这里，这个拥抱却像一座碑石那般，埋进了她十六岁这年的夏天里。

6

其实，梁芳草早已经明白，也早已经看出来了。

她倾心陆长亭，可令陆长亭倾心的，并不是自己，而是二姐。

陆长亭早已对他心慕梁芳华的事情不加掩饰，不管她想到了什么讨好他的方式，陆长亭总能找到理由创造机会拉上梁芳华一起。梁芳华不在的时候，陆长亭也会笑，也会说话，甚至更轻松更愉快。但是，梁芳华在的时候，陆长亭的笑容就会不一样。怎么不一样，她不知道，但是，她就是知道，陆长亭对她笑的时候，和对二姐笑的时候，是不一样的。

他不喜欢我。怎么办？

即使他拥抱了我，即使那是我人生中的第一个在意的男生的拥抱，他仍然不喜欢我，怎么办？

梁芳草不太记得那天是怎么回到家的了，只记得，到家她就吐了，吐得很厉害，吐到最后的时候，食物没有了，光吐黄胆水，而那水里，竟然有一点儿血丝。

梁芳草看着那血丝，再看看镜子里那个看起来又狼狈又不好看的女孩儿，忽然笑了，她对自己说：喂，梁芳草，你长成这样，连伤心吐血都不会好看好吗？所以别装林黛玉了，你还是继续做一个没心没肺的小孩儿吧。那个拥抱，真的什么也不是，也真的和你没有任何关系。

梁芳草吐完之后，把脸洗了洗，又走出来吃妈妈煲的芋圆糖水，吃了两碗之后，她的胃又痛了起来，她没吭声，进卫生间又吐了。

并不是她想折腾自己，而是觉得胃里空的时候，心里就更空。心里空的时候，就痛，痛得厉害了，就感觉胃疼好像真的没觉得有多难受。

反复吐了几次之后，梁芳草终于累了，最后一次把晚饭吐完之后，她就直接回房睡觉了。她晚餐也吃得挺多，家人都没怀疑。只是二姐梁芳华觉得她今天话少了许多，临睡前走到她屋里问她今天是不是不太开心。

梁芳草看着二姐，心里又忧伤又不甘，又自卑又懊恼，她想发脾气的，可是，她能对关心她，进门就帮她收拾书桌，收好她乱扔的衣服，还摸她的额头问她是不是哪儿不舒服的二姐发什么脾气？她虽然任性，可是她不是那种无理取闹的妹妹。

"怎么了？小妹有心事了，不能跟二姐说了？"梁芳华低头捡起妹妹丢在地上的袜子，和换下来的脏衣服放在一起，又坐在床沿边，一件一件地收拾她乱扔在床上的衣服和书本，脸上温柔的笑意盈盈，似并不期待她的回答，但是又有一种温柔的关怀。

"我想和你去一高。"很多的话在梁芳草的心里转呀转,终于变成了这一句说了出口,"可是我差了十分。"

"傻小妹!"梁芳华脸上的笑容更深了,伸出纤指,轻轻地弹了一下梁芳草光洁饱满的额头,"爸爸已经去学校给你交了赞助费了,你现在已经是一高的准预备生了。不过他怕你暑假光顾着玩不用功才没告诉你。"

"呃?"这消息来得太快,梁芳草有点儿难以消化,"你是说,我能上一高了?"

"对呀。傻小妹。"梁芳华看着惊喜到发愣的小妹笑,五官精致的脸上似暖阳点点,又似玫瑰绽放。

7

自己可以上一高了!接下来的一年,还能每天和陆长亭一起上学放学,一起吃吃喝喝说说笑笑!

所以,陆长亭不喜欢自己也可以呀,那又怎么样呢?恋人也许有一天会分手呢,结婚还有人会离婚呢,陆长亭的爸爸妈妈不就离婚了吗?不如做朋友呀。朋友可以一辈子吃吃喝喝说说笑笑,朋友可以永远不用分手!

那天晚上,梁芳草是笑着睡着的。她做了一个重大的决定,她要帮陆长亭追求二姐。陆长亭和二姐成了恋人,就会每天都在梁家出现,至少他不是和别的女孩儿在一起呀，他是和她的二姐在一起呀，即使她不能永远天天见到他，她也能经常和他见面呀。

这样美好的决心与美好的愿望持续了好些天，梁芳草愉快地打听到了二姐想要的生日礼物——二姐在一本书里看到的描述的金镶玉的镯子。金镶玉的镯子很多，可是要做到和那本书里描述得一模一样的，就很艰难。

几乎整整一个炎热的暑假，梁芳草陪着陆长亭走了一条又一条街地寻找，她用她的执着，再加上陆长亭的执着，两人终于在梁芳华生日前三天，找到了梁芳华想要的生日礼物，虽然没有一模一样，但是已经和那书中的描述高度相似。镯子不是特别贵重，可也不是特别便宜。陆长亭将自己所有的钱都拿了出来，还是不够。加上梁芳草能拿出来的所有的钱，也仍然不够。陆长亭很着急，他交了订金，打算回去向爸爸借一点儿。梁芳草说，她有办法，让他等着。

梁芳草去典当行把陆长亭送给她的单反给卖掉，两人终于凑够了钱，买下了那个镯子。回程的时候，两人身上连买一瓶水的钱都没有了。八月的佛山，正是亚热带的盛夏，中午路上几乎没有敢冒着酷暑出行的人，就那么大热的天，梁芳草和陆长亭走了一个多小时的路，嗓子冒着烟儿回到了家里时，都差点儿中暑倒下了。梁芳华给他们一人倒了一大杯水，两人眼睛发光地接过，咕咚咕咚地各喝了三大杯，这才喘过了气儿。

"这么热就不出去了，早晨或者傍晚再出去不行吗？"梁芳华看得心疼，赶紧去拿了湿毛巾，递给陆长亭一条，自己则拿着一条给瘫倒在沙发上的小妹擦脸，"太热就坐计程车回来，这样子走回来，万一中暑晕倒怎么办？"

"没钱坐计程车啦。"梁芳草嘟哝着说了这一句，然后她看了一眼陆长亭，陆长亭向她打了个眼色，她了然，"我把钱都吃完了。"

"吃完了？你吃了什么？就不懂留点儿钱做回家路费吗？"梁芳华失笑，倒也信了这个理由，小妹从小就是个小吃货，见了吃的就不管不顾，把最后一毛钱吃完走路回家的事情，她也不只是做过一次两次了。

"抱歉，都怪我。"陆长亭知道自己连累了梁芳草，连忙道歉。梁芳华瞪了他一眼："Tam，有你这么帮我照顾小妹的吗？"

"我错了我错了。"陆长亭继续道歉，脸上的笑容却很温柔，眼睛里，也闪着星光。就像一个成熟的男人，在哄自己生气的小妻子。

"二姐，不能怪陆长亭啦。"梁芳草笑着看他们，心似被细丝勒紧一般痛。

8

当晚，梁芳草又低烧了，也不是特别严重，就是病快快的觉得没有力气。梁克越心里最疼爱这个女儿，她又向来是个强壮的孩子，从小到大没怎么病过，这个暑假都发烧两回了，说什么都要带她去医院。

梁芳草不愿意去，可到底还是架不住爸爸和大姐的"武力"，最后还是去了。到了医院，梁芳草也没说自己吐血丝的事情，就说昨天晒狠了，医生看了一眼这壮实的小姑娘，简单检查了一下，说是有点儿轻微中暑，没什么大事，一家人这才松了一口气。但回了家，梁克越就下了禁足令，除了早晨出去吃早餐，太阳落山之后可以出去吃夜宵，白天太阳烈的时候，是不会再让她出门了。

梁芳草从小便不是能在家里坐得住的孩子，她习惯在外面跑，任由太阳把皮肤晒成了小麦色，她能吃能喝，爱跑爱玩，精力很旺盛。开学前一周，补习班的课程也已经结束，梁芳草也没法以去上学的理由出门，大家都有各自的事情要做，没法一直陪着她做她"觉得有趣"的事情。于是一整天，梁家都是梁芳草的抱怨声：

"二姐！我好无聊呀。"

"妈妈，我好无聊呀。"

"大姐，我好无聊呀。"

或者在二楼对着隔壁院子里的陆长亭喊：

"陆长亭，我好无聊呀！"

大家没空理她，她就趴在厅堂的沙发上，电视开了又关，关了又开，对每天都照常来陪她的何家盛抱怨："阿盛呀，你给我唱首歌吧。"

正看书的何家盛看了她一眼，没有说话，只是拿出手机，给她放了歌。何家盛的手机居然是最高级的新款，梁芳草夺过来看："喂，阿盛，你怎么有这么多钱？这个是什么？"她随手点开一个，发现好像是股票软件之类的东西。电子邮箱里好像还在闪动着新邮件，她就把手机还给他了："有新邮件。阿盛呀，你的手机里还有股票软件呀，有时候我觉得你是个天才呀。"

何家盛没有说话，点开那封来自唐信的新邮件，手指快速地回了两个字，又把手机递给她，但梁芳草没接。她沮丧地趴回沙发："阿盛，你说，陆长亭这两天在忙什么？他是在忙要给我二姐过生日的事情吗？"

何家盛看了她一眼，点了点头。梁芳草把脑袋埋进沙发的靠枕里，声音闷闷地从里面传出来："对呀，我知道。主意还是我帮他出的呢。"

陆长亭那样大费周折地给梁芳华准备她想要的生日礼物，自然也想替她庆祝她的十八岁生日。陆长亭想了很多能让梁芳华难忘的方式，还仔细地向梁芳草问了，那天，梁家会怎么帮梁芳华过生日，因为他既要让梁芳华能和家人一起过生日，又想能和梁芳华单独在一起待一会儿，而且还需要特别浪漫的方式。

梁芳草给陆长亭出了无数的主意，最后，两人决定了用萤火虫表白。佛山虽然是小城，但要在城里找到萤火虫并不容易，梁芳草四处打听过，南郊的田野里有萤火虫，怎么捉，捉回来怎么让它们活着，又怎么让它们听话，都是问题。好不容易计划好了，又觉得捉萤火虫不环保必须放弃，于是又要找其他会飞会发光又环保的东西来代替。

离梁芳华的生日只有两三天了，陆长亭自然忙得顾不上梁芳草的无聊。

但其实，梁芳草也不是无聊，她只是因为见不到陆长亭，觉得心里空得厉害。她只能在家里眼巴巴地等，趴在沙发上，趴在二楼的栏杆上往陆家看，希望看到陆长亭的身影出现。

见不到陆长亭的一天，变得特别特别的漫长，漫长得梁芳草在心里不断地妥协：他喜欢不喜欢我有什么关系呢？他喜欢谁又有什么关系呢？我能见到他就行。

9

梁芳华生日前一天晚上，陆长亭终于来找梁芳草了："芳草，请帮我一个忙！"

梁芳草只觉得被他蓝眸里的光所迷惑，别说是一个忙，哪怕是想要她的命，她大概都会马上答应给他。

陆长亭要提前把"礼物"放到梁芳华的房间里，而梁芳华的房间轻易是不让男生进去的，连父亲进去都需要经过她的同意，只有向来在家里横着走的梁芳草不受约束。于是，陆长亭就把梁芳华叫到了楼下，向她"请教"功课问题。而梁芳草则在二姐的房间里忙活了整个下午。

　　梁芳草素来并不是那种细心体帖的人，可不知道为什么，只要是与陆长亭有关的事情，她总能尽力做到完美。所以当她做好一切之后，晚饭前梁芳华回过房间一趟，愣是没有发现房间里已经被梁芳草安置好的陆长亭准备的"惊喜"。

　　那天晚上，梁芳草一直很想早点儿睡着，可是，她在床上翻烙饼一样翻着，数了几千只绵羊几万颗星星，脑子里还是清醒得很。然后她的耳朵还不由自主地支起来，像一只灵敏的小狗一样侧耳倾听着隔壁房间的动静。

　　时间像水一样一点一点地流过去，忧伤也像水一样一点一点地蔓延上梁芳草的心，细微的疼痛像黑夜笼罩了整个房间，她只觉得自己躺在疼痛里，不能死，也不能逃，只能忍耐着等待光明的来临。

　　深夜十二点终于到了。平时这时候，很自觉用功的梁芳华刚刚放下书准备睡觉。当梁芳草听到隔壁传来那声惊讶的"哎呀"声的时候，她几乎能够想象得到，二姐看到屋里飞舞着排列成心形的投射光影时是什么样的表情。

　　如果是她，会高兴得晕倒吧？即使是一向冷静自持的二姐，都发出了惊呼声，然后，二姐大概也发现了被陆长亭设定了时间响起来的音乐盒了吧？嗯，一定是的，因为梁芳草已经听到了音乐盒发出来的乐声，是二姐最喜欢的一首曲子的吉他指弹版，是陆长亭自己弹自己录制的。

是呀，陆长亭会弹吉他，还会弹钢琴。有一天他们在外面逛的时候，路边有个乐器店，他们进去蹭冷气，陆长亭就弹了一曲《莫扎特小夜曲》，他修长的手指在黑白琴键上跳动的时候，梁芳草觉得自己的一颗心就落在了那些琴键上，随着他的手指跳动而跳动。

二姐一定也看到放在音乐盒里的情书了吧？里面写的是什么呢？二姐看了会脸红吗？会心跳吗？会觉得动人吗？

放那封情书的时候，有好多好多次的冲动，梁芳草都想悄悄地打开看看里面到底写着什么。她几乎用尽了全身的力气，才忍住了先睹为快的冲动。

是呀，看了又怎样呢？那是陆长亭写给二姐的，不是给她的。她知道得再多，也不过只是个旁观者。

或者，从一开始，她就只是他人生里的一个偶然相遇，她不知道为什么为他丢了自己的心，可是呢，他根本不知道。他捧着他的心，去给了另一个人。

10

胡思乱想了一夜，梁芳草第二天早上又没起来，梁芳华进屋叫她起来吃早餐，她听到二姐的声音想起了昨晚的心情，便翻个身把自己全身都蒙进了被子里："不想吃。"

"昨晚又自己玩游戏了？还是又生病了没睡好？"梁芳华笑着坐

到了床沿，拉着被子伸手去摸妹妹的额头，小妹一向是个精力好的，如果不是前一晚玩游戏玩得太晚或者是生病了，绝对不会赖床。

"玩游戏了。"梁芳草的声音从被子里闷闷地传来，她不想让二姐看到自己这会儿红肿的双眼，昨晚睡之前掉了很久的眼泪，睡梦中又哭了一夜，她不想二姐看出来什么。二姐的声音听起来还是这么温柔，这是不是说明昨晚她根本就没有生气，不但没有生气，还很开心。她都听出来了，二姐的心情很好。今天是二姐的生日，她不能让二姐不开心。

闷在被子里，梁芳草给自己找了许多许多理由，直到最后说服了自己，做一个不贪心不蛮横的招人喜欢的妹妹。

"就知道。那你再睡一会儿，到午饭我再来叫你。"梁芳华起身时，又把妹妹的被子扯开一点儿，"别蒙着头睡，对呼吸不好。"

门轻轻地关上了，梁芳草才从被子里把头发乱糟糟的脑袋伸了出来，一双大眼睛有点儿红肿，那是昨晚悄悄哭过的痕迹。她知道自己不应该再哭的，可是，这会儿鼻子又有一点儿发酸，妈妈照顾着全家人，而二姐因为比她大两岁，从小就很照顾她，一直到现在，都还像照顾一个不懂事又吵闹调皮的婴儿一样。真的，梁芳草希望二姐能够得到世界上最好的爱情，希望她能遇到世界上最好的男人，而那个最好的男人，一定全心全意爱着她，会给她很多很多的幸福。

现下来看，陆长亭确实是梁芳草见过的最好最好的男生，而且陆长亭看起来确实是全心全意眼里只有二姐一个，陆长亭一直在花很多很多的心思想让二姐开心幸福。没错呀，和她的期望一样呀，可是，她为什么觉得这样委屈与伤心呢？

午饭时间没到，梁芳草就已经起来了。大姐与爸爸正在院子的水泵边处理杀好的鱼和鸡，而二姐和妈妈在厨房里做寿包。今天二姐生日，爸爸妈妈早已经说好了，让陆爷一家过来一起吃午饭，所以今天爸爸和大姐也没有去武馆。

"小妹起来了？"大姐梁芳海先看到了小妹，笑问，"二妹说你昨晚又玩游戏到很晚？你不是说整个暑假都要用功吗？"

"游戏偶尔玩就可以了。这两天就开学了，可不能这么干。"梁克越看了一眼睡眼惺忪的小女儿，眼底有怜爱，语气却也是严肃的。最疼爱的孩子，既想她有出息，又怕她太辛苦，大抵就是他现在的心情吧。

〈她有了一个新相机，说是陆长亭送的，开心得不行，一直抱着，东拍西拍。她笑起来的时候，特别单纯，眉眼微弯，粉红的小嘴嘴角翘起，整个人欢快得像一朵落在水面的水滴。我也不知道自己为什么喜欢看着她。可就是想看着。不知道她发现了没有，她拍的那些每一张有我的照片里，我的眼神都在看着她。——林之沐〉

PIAOYANG
GUOHAI
LAI
KANNI

第 五 章

阳光很好。而你不喜欢我这件事，像某个死角，一直又凉又惆怅。

——梁芳草

1

"知道啦，知道啦！"梁芳草随口应了爸爸和大姐，一溜烟儿就跑进了厨房里，"二姐生日快乐！妈，还有吃的没？"进了厨房，梁芳草抱住二姐就往她脸上亲了一下。

梁芳华笑着看妹妹："糊了我一脸口水，刷牙没有？"

"早饭不起来吃，这会儿知道饿了？"杨婉姝从锅里拿出来一个糯米团子，不大不小，正好让小女儿小小充饥，再过一会儿饿了，午饭也应该做好了。

家人一个又一个，都是爱她爱得体贴又细致的人，梁芳草咬着糯米团子想，真的没有什么委屈的，就应该让自己喜欢的人都幸福。她喜欢陆长亭，就让他去做他开心的事情，二姐如果也喜欢陆长亭，就应该让他们在一起。

中午的时候，梁芳草真的觉得自己想通了。父母和姐姐在忙着做饭，她就跑到陆家去，名义上是叫陆家一家过来一起吃午饭，实际上却趴在陆长亭的暗房里，和陆长亭嘀嘀咕咕。

说的自然是昨晚的事情，她对陆长亭说着偷听来的二姐的信息，陆长亭告诉她，他约了梁芳华下午一起去看电影，然后把准备好的生日礼物亲手送给她。陆长亭有点儿担心，不知道梁芳华会不会答应和他一起去约会，于是想等会儿午饭的时候问问她。

梁芳草差点儿跳起来阻止他："陆长亭，你知不知道这是在中国！在中国我二姐要不要去和你约会，得问我爸妈同意不同意，而不是问我二姐！就算要问我二姐，也得悄悄地问。算了，算了，你最好还是不要问我爸妈了。我爸妈能同意她出去约会才怪。你还是悄悄地问我二姐吧。"

"这样吗？"陆长亭是真的有点儿大惊失色，因为他听梁芳草说要问梁家叔叔阿姨的时候，他心里已经在组织语言怎么问了。他不能理解为什么梁芳华和他去约会却必须要通过父母的同意，不过，既然梁芳草这样说，他当然就信了。这是他和梁芳草这段时间做朋友所积累的信任。

"那是我悄悄问芳华比较好？"

"算了，算了。"梁芳草挥挥手，很豪气地说，"你去问也危险，不如我帮你问吧。下午两点巷口见怎么样？"

"你要帮我约芳华？"陆长亭脸上的笑容，像满月一般明亮，"那太好啦。谢谢你呀芳草。"

"咱是哥们儿，你客气啥！"梁芳草第一次，正式地在陆长亭面前说出了她和他是哥们儿这样的话，似乎为了证实自己所言那般，她还伸手拍了拍陆长亭的肩膀，尽管一米六二的她看似很豪爽地拍着一米八二的陆长亭的肩膀时，有点儿怪，但梁芳草还是觉得，自己下的决心，在这时候又坚定了些。

梁芳草以为，这个决心会一直坚定下去的，就像岩石埋进了泥土，就像沙砾沉进了海底，就像雨水落入了池塘那般，悄无声息却又坚定不移。

可是，她高估了自己。

2

午饭的时候还好。因为双方父母长辈都在，大人们喝着酒聊天感慨，小辈们就着饮料谈天说地，气氛一直很好。

只是，梁芳草一直注意到，二姐剥好了虾放到她的嘴里，陆长亭却默默地把剥好的放到了二姐碗里，二姐哪一个菜多夹了一筷子，陆长亭就会往那个菜多看几眼，似要把那个菜死死记住那般。二姐剥虾手脏了，陆长亭必定第一时间给她递上纸巾，二姐想喝水，陆长亭已经起身给她倒好了。

梁芳草知道那是什么。就像她知道陆长亭做这些是因为她一直在看陆长亭一样，陆长亭知道二姐想要什么，是因为他一直在看着二姐。

而二姐，似乎并没有抗拒。就像刚才端菜的时候，她悄悄地告诉二姐，陆长亭约她下午去看电影，并且会有神秘的惊喜礼物送给她的时候一样，二姐只是笑了笑，就接受了。

梁芳草仔细地观察过二姐的脸，想看看二姐是不是不喜欢。二姐虽然没有脸红，但也并没有不喜欢。

二姐大抵也是喜欢陆长亭的吧。

当然呀，陆长亭那么好看，那么优秀的男孩子。

梁芳草尽量想得很释然，尽量记住了自己中午做的决定。可是，她的脸上笑得很欢乐，心里却觉得很难过。

那种难过，一点一点地堆积，终于在一点五十，二姐出门之后，堆积到了梁芳草觉得难以忍耐的程度。

陆长亭约了二姐两点在巷口见，二姐一点五十出的门，走到巷口才五分钟。二姐是喜欢守时的女孩子。她现在，一定已经见到陆长亭了吧？

陆长亭穿了那件白色的衬衣了吧？午饭前他问过她的，衬衣和T恤，他穿哪一件比较帅气。她帮他选了白衬衣。白衬衣配上他的黑发蓝眸，像是少女漫画里走出来的少年，和她完美的二姐站在一起的时候，一定般配得像一对传说中的璧人。

昨晚没有睡好，早上胡思乱想也没有补眠，梁芳草本来以为自己会午睡的，可是，她在床上翻来覆去许久，最后还是瞅了个楼下没人的空儿，溜出了家门。

电影院里，梁芳草觉得自己挺像一个傻子的，哦不，不是挺像，而是她就是一个傻子。她站在电梯门外，看了看电梯门里倒映出来的那个自己，有一种想给那个家伙的脑门上贴一张"傻瓜"的字条的冲动。

电梯门里映出来的那个"女人"，她戴着压得很低的鸭舌帽，脖子上围着丝巾，身上穿着不伦不类的大妈裙子，像一个古怪的中年妇女，哦不，或者是老奶奶?

梁芳草觉得，应该是性情古怪的老奶奶更贴切一些吧。就是因为她看起来很古怪，所以，一路上有很多人在看她，看得她不断地怀疑自己是不是扮别人扮得太不像，所以才招人注目。她也不想这样呀，她就是想跟来看看陆长亭和二姐的约会过程，可是她又不能明目张胆地看，所以，就在三奶奶晾在街边的衣服里顺了几样，把自己扮成了这个鬼样子。

梁芳草不想来的，但是，她阻止不了自己。

3

"那个人，好奇怪呀。"

"是呀。不会是神经病吧。"

什么叫弄巧成拙呢，大概就是像梁芳草这样吧，她想扮得不像自己，却用力过猛，把自己扮得也不像别人。最终的结果是，想不引人注目的她，反而引起了更多人的注意。那些人里，包括了正要进场看电影的陆长亭和梁芳华。

看到二姐看过来的眼神，梁芳草赶紧躲避，可她躲得越急，便越出问题，脚一下就踩到了裙摆，然后，整个人就摔在了地板上。她摔得挺狠的，脑袋"哐当"一下撞在了景观花盆上，痛得她根本没忍住，就"呀"了一声。

"咦，这声音，怎么这么像小妹的？"梁芳华看到了这古怪的老妇人跌倒，很自然地就想过来扶她，再一听她的痛呼声与自己的小妹很像，正奇怪着呢，梁芳草挣扎着的时候，帽子掉了，假发也掉了。

然后，她就现形了。

"小妹！"

"芳草！"

陆长亭与梁芳华异口同声地奔过来把她扶了起来，异口同声地继续问："你怎么在这里？"

紧张与尴尬会引起肚子痛吗？梁芳草不知道别人会不会，但是她现在的肚子就很痛，痛得她只想弯着腰而不能站起来，她本来想说"二姐，我就是想来看看你和陆长亭怎么约会的呀"。她一向捣蛋，一向不按常理出牌，二姐应该会相信她只不过是为了捣乱才出现在这里的，可是，她说出口的时候，却变成了忍不住的呻吟："呀！二姐，痛。

我的肚子好痛！"

眼见梁芳草一张脸已经痛得成了青白色，梁芳华与陆长亭哪里还顾得上看电影？陆长亭当即背起了梁芳草往电梯跑："芳华，去医院！"

因为梁芳草的突发性肠胃痉挛，梁芳华的生日是在医院里过的。

不知道是不是因为紧张与懊悔，梁芳草的疼痛一直在加剧，医生采取了常规治疗都没能成功，她好几次差点儿痛晕过去，最后医生只好给她使用了镇静剂，让她慢慢睡了过去不再感觉到痛。

这么一折腾，梁克越自然也不敢让她贸然出院。蛋糕与饭菜倒是都准备了，在家里呢，可现在梁芳草忽然病成这样，梁家上下哪里还有心思吃。梁芳草昏睡的时候，连腿脚刚好没多久的陆爷都由陆汉青陪着来看了她一次，梁家人，自是要守到她睡醒，看看是否还痛再说。

夜里十点多，梁芳草终于醒了，幸好，痉挛症状也过去了。

医生确定梁芳草没事之后，梁芳草坚持要出院回家给二姐过生日，梁家人刚见识了她痛晕过去的情形，哪里肯回家。正争执着，陆长亭提着蛋糕进来了，上面还点好了蜡烛，十八根。莹莹的烛光下，陆长亭的蓝色眼睛特别明亮而又深远，他说："一家人在一起，在哪儿都是过生日呀。"

他这句话，正中了梁芳华的心意，她搂紧小妹的肩膀，对着陆长亭笑："说得对呀。Tam,thank you very much！"

烛光下的陆长亭还在笑，脸似乎红了，也不知道是因为烛光，还是因为梁芳华的笑容。

梁芳草觉得心里重重的愧疚好像好了一点儿，但是，好像身体里不知道什么地方的伤痕，又多了一道。

4

这当然不是第一道伤口了。

第一次在陆长亭的暗房里发现二姐照片的时候，梁芳草就觉得自己心里的某一处悄悄地受伤了。她假装不痛，假装看不到。

因为她阻止不了二姐的照片在陆长亭的暗房里渐渐变多，多到梁芳草都找不到其他女孩儿的照片，当然偶尔会有梁芳草，但是梁芳草的身边一定站着梁芳草的二姐。

梁芳华从小长得像母亲，肤色白净，纤细柔美，而且，她特别聪明，考试不是第一就是第二，高二的时候已经能熟练掌握五六千个单词了。

陆长亭虽然也懂点粤语，但毕竟有限。除了陆长亭的父亲，就只有梁芳华能用英文与他轻松交流。陆长亭教会了她上国外的网站，经常陪她看英语网站，两人有很多共同话题可以聊。

梁芳草看着陆长亭和二姐用她听不懂的英文在聊天，她想加入却无从插嘴，慢慢地百无聊赖，慢慢地格格不入，也慢慢地，只能独自感受那些不知道从哪儿冒出来的痛。

梁芳草想，陆长亭和二姐，是从那时候一点一点地开始的吧。

如果梁芳草只是邻居家一个有趣的好玩的小孩子，那么能够与陆长亭交流的二姐，便是真正能够理解陆长亭的人。就像梁芳草他们都叫陆长亭的中文名陆长亭，只有二姐，很自然地叫陆长亭 Tam.

住院很无聊，每个人都有自己的事情要做，有一天好不容易遇到一个病房里只有陆长亭的机会，梁芳草很开心地邀请陆长亭趁此机会和她逃跑出去吃好吃的，陆长亭摊摊手说："No，我答应梁芳华要好好看着你等她来。"

梁芳草撇嘴锁眉地瞪陆长亭，陆长亭很好脾气地笑："你的病在胃，就算快好了也不能乱吃东西。"

梁芳草不知道陆长亭是否已经把那件礼物送给了二姐，她没有见二姐戴过，也没有在二姐的房间里发现过。但是，她能感觉得到，二姐和陆长亭之间，一定达成了什么默契。因为他们看对方的眼神里，总是充满了甜蜜与期许，还有羞涩与热切。

高中开学第一天，梁芳草就出名了。

为什么呢？因为校花学神梁芳华亲自爬到她的宿舍床上帮她整理床铺，而一年前刚转学来的混血儿校草亲自帮她提行李，和她同行与她有说有笑的，还有一个面目冷峻的听说是初考状元的林之沐，还有阳光帅气的黄家传人黄静澜，另外还有一个气质忧郁、从不说话的何家盛。

佛山说小不算小，但说大也不算大，一高汇集了全佛山的精英少年少女没错，但有名的家族也就那几个，咏春拳梁家、宝芝林黄家、烧鹅做得最好吃的何家，这三家虽然不是人人都认识，但是，同学们之间左右传来传去，大家都还是了解一些的。毕竟，佛山不知道宝芝林的没几个人，不吃最好的烧鹅的也没几个人，喜欢学武的不想学咏春拳的也没几个人。

同学们被送梁芳草的入学团惊吓到，对她也额外注意起来：

"是什么人呢？应该很有背景吧？"

"会是梁家的女儿吗？看着不像呀，没有梁芳华那么好看呀。"

"但是梁芳华特别照顾她呀，以前梁芳华都不住校的，这个学期开始也不走读了，每天吃饭的时候都和她一起吃呢。"

"你们发现没？林之沐不太理别人，但是就会和她说话。"

"不是说何家盛脑子有问题吗？怎么会和她一个班，还和她做同桌，并且相处得那么好？"

"应该是有大来头的女孩儿吧？长得虽然一般，但护花使者都好有重量。"

个子高挑、黑发蓝眼的陆长亭笑起来真好看，班上有几个花痴的女生来向梁芳草打听陆长亭是谁。梁芳草不知为何，觉得说是邻居也不对，说是二姐的同学也不对，于是自以为是地说了一个自觉能够抵挡她们觊觎之心的答案："我二姐的男友。"

后来的后来，梁芳草一直一直都很讨厌一语成谶这个词。

大家的猜测，在开学几周之后，在某一个周末大家又一起出去吃大排档夜宵的时候，经由性格开朗的黄静澜嘴，一句一句地传到了梁芳草的耳朵里："哈哈哈哈，都说学校也是一个社会，我都不知道原来一高也会那么八卦，好几个人向我打听你是不是什么高官政要的女儿。梁芳草，你就快成名门望族啦，以后嫁入豪门可要想着我点儿呀，帮我买点儿好装备，哈哈哈！"

"哼！"梁芳草丢下最后一只烤生蚝的壳，说了句脏话，接过二姐适时递来的湿纸巾擦了擦手，给了黄静澜一拳头，"你就不能解释一下呀，还高官子弟名门望族，谁比得上你们黄家名门呀。"

"小妹！"梁芳华瞪小妹，"注意用词。"指望小妹成为淑女大概是不可能了，但是，她至少得管着点儿，别让她太放得开动不动就"出口成脏"。

"知道啦，知道啦。"梁芳草吐吐舌头，继续和黄静澜八卦自己，"会不会在他们那里，已经把我们几个编成偶像剧故事了？"

"有点儿呀，哈哈哈！芳华姐，你知不知道他们是怎么说你的？"黄静澜问了一句。

梁芳华没什么兴趣，倒是陆长亭坐直了身体，将一双在路灯下更幽蓝的眸子看了过来："是怎么说的？"

5

"说得可有意思了！"黄静澜的中考分数比梁芳草还要差一些，他几乎是完全用钱去上的一高，进了学校也仍像以前一样把心思全放在电子竞技上，学习不怎么用功，整天不是顾着玩游戏就是顾着和女生们打屁聊天，所以他几乎也成了一个八卦传承体，"芳华姐不但是校花，还是学神你们知道吧？不是学霸，是学神哦。差生们考试前，还有人用三支笔做香火朝你的教室座位拜几拜，拜托你赐给他们一点儿考试能量的，哈哈哈哈，真是笑死我了。"

"真的吗？有这么夸张？"说到梁芳华，陆长亭的一双蓝色眸子里都是光芒，"我都没有听说过。"

"那是因为你是优秀到一般人不敢在你面前说八卦的校草呀，别说对你说八卦了，小女生们在你面前说句话都觉得自卑呢。不过呢，她们在背后说得多，芳华姐是女神，你是男神，一高的最般配情侣组合。讲真，陆长亭，你们俩有时候看起来太像那么一回事了！是吗？"黄静澜大大咧咧地说了出来，没注意到向来淡定的梁芳华忽然粉了脸颊，而陆长亭愣了一下，笑着看向梁芳华，可梁芳华别开了脸不再看他。陆长亭脸上灿烂的笑容，像一朵开得正好的花忽然之间就慢慢枯萎了一样淡了下去，气氛顿时有一点儿尴尬。

梁芳草几乎第一时间就感觉到了陆长亭的伤感，她几乎要认定了，陆长亭与二姐之间，真的已经达成了一种默契，他们在一起，但是不公开，陆长亭自然很想公开，所以总是与二姐有互动，而二姐呢，不知道出于什么原因，就是保持现状。大概是，陆长亭感受到了二姐的退避，所以伤心了吧?

梁芳草很想开个玩笑让大家笑一下的，但她的情绪也很坏，或者说，她的情绪原本就很坏，坏得今天晚上的每一声哈哈哈都像是在硬撑，所以，她一时也没反应过来要怎么帮陆长亭化解这尴尬。

林之沐在这时候忽然开口了，他望向黄静澜，一双清冷淡然的凤眸依然无波："我呢?"

"什么你?"向来高冷话少的林之沐忽然加入了八卦，黄静澜瞬间有点儿接受不来，"哦，那个，你呀。你还能是怎样? 和初中时一样不给我们活路呗。"

黄静澜和林之沐是表兄弟，两人出生日期只差一个多月，从小就是被比较着长大的，到了学校里，更是。从来都是林之沐乖巧林之沐聪明林之沐完美林之沐帅气，而黄静澜呢，就是黄静澜爱闹黄静澜捣蛋黄静澜差劲黄静澜爱玩。林之沐从幼儿园就是园草，到了小学中学都是校草，上了高中虽然早有了陆长亭，可是架不住陆长亭快毕业了呀，林之沐才开学几周就已经成了新校草的不二人选。如此种种，黄静澜便经常开玩笑说林之沐不给他这样普通"姿色"普通"资质"的男生活路。

黄静澜撇嘴说了一句："所以，哥，看在你比我大一个月零一天的份儿上，能把这校草让我当一个学期吗？"

6

"得了吧，就你还敢跟林之沐抢。"梁芳草虽然经常被林之沐挤对，但却是经常站在林之沐这边的，她是喜欢陆长亭没错，但她不瞎，看得出来林之沐各方面都比黄静澜优秀。

林之沐听到她这句话，凤眸亮晶晶地看了过去，可梁芳草却把头转向了陆长亭："不过要说校草，应该还是陆长亭最名副其实。"

"喂，梁芳草，你眼睛里能有我一次不能，我好歹也算阳光帅气好不好？"黄静澜故意大声嚷嚷，就像小时候开着玩笑抢玩具那般笑得很欢乐。

"长得帅气有什么用？成绩一直垫底。"梁芳草也笑着嚷嚷，"还不如我们阿盛呢，阿盛虽然算是超常发挥，但好歹还是靠自己考进了一高，你呢，黄家大屋收的那点儿门票钱都被你花光了吧？"

"喂，梁芳草，给点儿面子行不行？"

"面子什么东西，能吃吗？"

"能吃！加点儿辣椒肉丝炒一炒，可好吃了！"

"哈哈哈哈……"

性格开朗的梁芳草和黄静澜互相挖苦打趣着，陆长亭偶尔插一句，温柔美丽的梁芳华与冷静自持的林之沐话不多，一个微笑，一个淡然地看着他们。路灯下，少年的心事明明灭灭，又隐隐约约。

佛山四季如夏，一雨成秋。

圣诞节要来了。

佛山的圣诞节，不过是个年轻人借题发挥的节日，但是，对于在美国生活了十七年才回到中国的陆长亭来说，却是一个思乡之日。

圣诞节前一个月，陆长亭就开始不断地接到来自美国的电话，他的朋友、外公外婆、姨妈姨夫、哥哥妹妹，还有已经快两年没有和他见过面的妈妈，都希望能在这个圣诞节与他见面。最后，也不知道陆长亭的妈妈是如何同陆汉青协商的，陆汉青同意给陆长亭请假两周回美国过圣诞节。

陆长亭得知这个消息非常兴奋，他兴奋地和梁芳草描述了半天在美国过圣诞节时那些有意思的事情，还有他的那些非常有性格非常特别的朋友与家人们。

梁芳草安静地听着，不知道为什么心里悠悠地承认了一件事情：佛山的美食再好吃，人还是会思念故乡的。毕竟人生的前十七年，陆长亭几乎没有在中国生活过。而他再喜欢佛山的女孩儿，也是会思念家乡的，就像汉青伯伯旅居美国多年，最终却还是回到中国生活一样，故乡不在于一张脸，不在于现在，而在于记忆里。

陆长亭出发回美国的前一天，梁芳草说，为了让陆长亭不要忘记佛山记得快点儿回来和大家一起玩，要请他吃好吃的。

那天，梁芳草带陆长亭去一家老字号吃云吞面，吃完云吞面之后，又去吃了一家超级有名的麻辣小龙虾，干掉一大份麻辣小龙虾之后，梁芳草买了两根雪糕，陆长亭买了两罐雪碧，两人坐在河边一边聊天一边吃。雪糕吃完雪碧喝到一半的时候，陆长亭遗憾地说了句："其实，我好想带芳华一起回美国见我的家人的。"

梁芳草没来得及说什么，就被一口雪碧呛着了，随后咳得惊天动地，怎么止都止不住。随后，她丢人地就近跑到一个垃圾桶前，把刚刚吃下去的东西全吐了出来。

7

"怎么回事？"陆长亭一边帮梁芳草拍着后背，一边问她。

梁芳草恶心得没吭声，胃也忽然之间一阵一阵地绞痛，她硬生生地忍住了一口腥甜，接过陆长亭递过来的纸巾捂住了嘴："麻烦你帮我去买一瓶水。"

陆长亭飞快地跑去买水之后，梁芳草再也没忍住难受，"哇"的一声又吐了一口，这一口吐，把她自己都吓了一跳。

因为她吐出来的不是食物，而是一口血水。

"芳草，水来了！"陆长亭很快就跑回来了，望着梁芳草突然变了颜色的脸，好看的眉毛锁了起来，"好点儿了吗？哪里觉得不舒服？
去医院好吗？"

"不用。我就是呛到了。"梁芳草笑着，尽量不着痕迹地把染了
血色的纸巾丢进了垃圾桶里。她的身体，可能真的出了问题。

但是，她莫名地，不想让任何人知道。

太痛了。她觉得自己活得太痛了。胃部时常隐约传来的那些疼痛，
她根本就感觉不到。也许，任由身体出毛病，然后快一点儿永远睡着，
也是个不错的选择。

梁芳草没觉得自己的这个想法很傻。

她喜欢陆长亭，傻吗？陆长亭喜欢的是她的二姐，傻吗？她的二
姐似乎因为某一些原因不愿意接受陆长亭，傻吗？

都傻。

那么她每天每天都心痛得不想活了，又有什么傻的？

当天晚上，梁芳草又发烧了，仍然是低烧。但她不吭声，家中所
有人都没有发现，第二天一早，她去机场送了陆长亭。

一路上，陆长亭若有所思，并且不断地往回望。梁芳草知道他是
在找二姐。但是，二姐不会来了。她出门之前去问过二姐，要不要一
起送陆长亭去机场，二姐说不去。

梁芳草还很多嘴地问了一句：为什么不去呀，今天不是周末吗？

二姐说，不想去就不去。然后嘱咐了一句让她路上注意安全，便

转头继续做题了。

梁芳草感觉出来了，二姐对陆长亭有点儿别扭，而这别扭，与她有关系。

上个月，尽管她掩饰得很好，细心的二姐还是发现她的单反不见了。二姐大概怕她有什么事或者出了什么事，就一直追着问，还威胁说如果不说，就告诉爸爸。那个单反相机不是普通小玩意儿，那是值些钱的，二姐大概是怕她惹了什么麻烦。

最后梁芳草被问得烦了，也不知道出于什么心态，就说："你想要的生日礼物那么贵，陆长亭根本不够钱买啦，我看他那样，就把相机卖了把钱给他了！"

梁芳草记得，当时二姐愣了一下，才问："这样的钱他也要？"

梁芳草只觉得心里又升腾起了一个小恶魔，说："对呀！为了给你买礼物，自己送出去的东西都能要回去呀。"

其实梁芳草刚说完，就后悔了。因为陆长亭也是事后才知道那是当掉相机的钱，而且陆长亭知道后，对她保证过，一定会赚钱帮她再买一个相机。但梁芳草心里拉扯了一会儿，终于还是没再解释。

当时二姐又沉默了一会儿，才说："知道了。"

梁芳草只觉得心里那两个小人拉扯得更厉害了，一个说：让他们误会去吧，互相不再喜欢更好。另一个说：梁芳草，你真是个坏蛋。

最终，坏蛋赢了。

8

那天过后，陆长亭很沮丧地告诉梁芳草，他送给梁芳华的生日礼物被退了回去，而且，梁芳华不理他了。

梁芳草很积极地开解他，一会儿说二姐可能最近学习压力大，一会儿说，可能是妈妈看到了，猜测到了什么，所以二姐为了不被父母发现才还给他，一会儿又说，没事啦没事啦，你再解释一下。

陆长亭真的试着去解释了，解释了很多次。但是，梁芳华真的很少再搭理他了。虽然之前也不算特别亲近，至少看起来没有他和梁芳草亲近，但他总能感觉到梁芳华的心意，他总能感觉到，她的眼睛偶尔也是看他的。可是，现在，即使一起走路回家，即使像以前一样一起站在补习班门外等梁芳草下课，他也能明显地感觉到梁芳华对他的冷漠。

陆长亭沮丧至极，梁芳草亦然。

陆长亭沮丧于喜欢的女孩儿戴上了冰之面具，而梁芳草沮丧于即使二姐对陆长亭黑口冷面，陆长亭看她的目光，也未曾因为她的冷漠而消减半分，反而变得更温柔而深邃。

这一个月，陆长亭过得很辛苦，梁芳草也是。

陆长亭不断地想办法去哄梁芳华开心，而梁芳草则不断地哄每每铩羽而归的陆长亭开心。

　　梁芳草觉得，二姐、陆长亭和她，就像是三个匀速绕圆而行的点，都是追赶对方，而交集却无期。又或者，二姐是太阳，陆长亭是其中一个绕着二姐转的地球，他专注于要获得二姐的光，而她则是绕着地球转的月亮，即使被地球发现，也是因为向太阳借的光。

　　这残酷的真相，梁芳草是在每天每天的重复疼痛中，一点一点地清楚明白的。她也想放手离开，可是，离开了太阳与地球的月亮会是什么呢？消失在太空中的一粒悲伤的尘埃吗？

　　不不不，也许，她绕着绕着，地球就能发现月亮的忠贞呢？

　　梁芳草就是怀着这一点儿缥缈的期许，一天一天地坚持下来的。

　　梁芳华当然直到最后都没有出现，陆长亭拍了拍梁芳草的肩膀：“回去吧，我走了，再见。”然后又转头对父亲说，“爸，你把芳草送回家再去加班可以吧？要照顾好她呀，不然芳华会担心的。”

　　“嗯，知道了。你也一路顺风。”陆汉青拍拍儿子的肩膀，就算他不说，他当然也会把邻居的小女儿安全送回家。且不说梁克越与他情同兄弟，便是只记着他不在国内时梁家对陆爷的照顾，他肯定也是把梁家的女儿当成自己的孩子照顾的。

　　“我自己能回家啦。”梁芳草用笑容掩饰眼底的苦涩，“伯伯要是忙就去忙吧，我搭机场大巴就能回去。”

　　“机场大巴没有爸爸送安全，芳华会担心的。”陆长亭很坚持，

"那我走了，保持联系。"

"好。"陆长亭最后的这句话，几乎让梁芳草的眼泪唰地就掉下来了。不是因为陆长亭很关心自己，而是因为陆长亭关心自己的原因，只是怕二姐担心。

圣诞节时，梁芳草收到了陆长亭的许愿球礼物，怔怔地抱着它干坐了一夜之后，她明白了为什么陆长亭在自己眼里是不一样的。

真相非常简单，就像不知道什么时候二姐在陆长亭眼里变得不一样那般，梁芳草也不知道什么时候开始，陆长亭在她心里已经特别到她自己不敢轻易去碰触了。

陆长亭把她的心偷走了，但她却感觉自己才是那个窃贼，她心里的陆长亭，是她偷来的赃物，她甚至不敢把自己曝光在光天化日之下。很绝望，但又总希望有转机。

像陆长亭回美国过圣诞节，梁芳草就期望是一个转机，也许，当他们整整十五天不再见面不再联系，陆长亭在熟悉的朋友圈里，就会发现二姐并不是那么重要呢？也许，当她在这十五天里，不断地和陆长亭联系，用各种各样好吃的美食有趣的东西吸引他，他就会看到她的好呢？即使看不到她的好，也没有关系呀，能记住她是他最好的朋友与伙伴也可以呀。

9

陆长亭离开的十五天，梁芳草觉得仿佛有十五年那样长。

她也很奇怪，日子还是一样呀。她在学校里上课，午饭晚饭的时候都是和二姐以及何家盛一起去学校食堂吃，坐一个桌，一边吃饭一边聊几句。偶尔林之沐和黄静澜也会加入，有很多男生都在偷看二姐，只是少了个陆长亭，也少了很多偷看陆长亭的女生。

周末放学的时候，也像之前一样一起回家，大家说说笑笑，讲着学校的八卦，聊着同学之间的段子，只是她说到兴奋处，总是转头往二姐身边看过去，嘴里一个"陆"字，只差那么一点点，就脱口而出。

之前一直觉得高中周末只放假一天半真气人，可是现在觉得，这一天半简直不要太漫长，整个下午她都在做作业，可是整个下午都没做多少作业，因为她总是跑到阳台上往陆家的院子里看，仿佛多看几次，陆长亭就会出现在陆家的院子里一样。

时间像一个坏脾气的妖怪，陆长亭不在，它就变成了各种无所事事与难以捉摸。只有在陆长亭打电话给她的时候，时间好像才正常回来那么一点点。

但是陆长亭的电话一开始还每天都打一个，后来，也很少了。不过梁芳草也能理解的，他有好多事情要忙，一些朋友要见，又要从这个州赶去那个州过节，还要采办礼物。

梁芳草真的能理解的。

　　她只是有点儿不知道如何处理被思念噬咬着的心，她半夜从床上爬起来，抱着陆长亭送的水晶球一看就是半夜，她把她拥有那个相机时所拍的所有照片，都拿了出来，一张一张地细看，在脑海里像放电影一样，放映着与那张照片有关的陆长亭的一切，他的眼，他的发，他的声音，他的动作，他的笑容。

　　玲珑骰子安红豆，入骨相思知不知。梁芳草忽然非常深切地理解了以前读过的这一句诗。

　　当然，她也知道的，陆长亭不知。

　　梁芳草太过于专注自己心里的感受，而忽略了她的二姐已经悄悄地发生了变化。

　　陆长亭不在身边之后，梁芳草就不再像之前那样关注二姐的动静了。所以，她不知道，陆长亭每天打一个电话给她，向她问起二姐梁芳华的情况的同时，每天也会给梁芳华打电话，不但打电话，还会每天给梁芳华发邮件，邮件里会发一些照片，会说今天看到了什么，和谁在一起，有多么想念梁芳华。然后，他还高高兴兴地告诉梁芳华，他终于攒够了买一个新单反的钱，希望从美国回来后，可以给梁芳草一个惊喜。

　　在陆长亭不在的日子里，梁芳草一点点地让自己的心沉沦得更深，而梁芳华则是一点点地看清楚了自己原本并不清晰的心意。心里装了陆长亭的时间太早，所以他在身边时，觉得每天都想念，不在身边时，更觉得每天都更想念，如梁芳草。

而梁芳华，则对此迟钝一点儿，她素来极优秀，身边从来不缺乏表达爱慕献殷勤的男生。

陆长亭很优秀，梁芳华知道，但她自己也很优秀呀。所以，她不会因为对方很好看很优秀就去喜欢一个人。所以，原本时刻都在的陆长亭忽然离开，她慢慢地发现，原来自己对他亦有不同于别人的在意。

10

陆长亭回来那天，梁芳草一大早就起来了，因为她要跟陆伯伯一起去机场接陆长亭，刚出门，却被抱着一个礼物盒子蹦出来的陆长亭吓了一跳。

"陆长亭！"因为惊喜，她的声音都尖厉起来。

陆长亭因为她尖厉的声音微微地锁起好看的浓眉，脑袋也微微地后仰以躲避她的尖叫，可他蓝眸微弯，笑容明朗："送你一个礼物！"

"送给我的？"梁芳草就真的惊喜得跳起来了，她接过礼物都没来得及往屋里走，便就地拆了起来。陆长亭笑着，像看一个急切的小孩子一样看着她，还伸手帮她扶了几次不让礼物盒掉下来。

"小妹，就不能进屋里坐下再拆吗？"院子里，梁芳华正端着早饭从厨房走向厅堂，"回来坐好再拆吧，小心掉下来摔坏了。"

"知道啦，知道啦。"梁芳草抱着撕去了包装纸的盒子往里走。

　　陆长亭笑着跟在她后面，路过梁芳华的时候，很自然地接过了她手里的餐盘："皮蛋瘦肉粥，有我的份儿吗？"

　　"嗯。我去给你拿碗筷。"

　　"我去帮你。"

　　两人说着话的时候，清晨的阳光都只不过是温柔的陪衬，只是在屋里急着拆礼物的梁芳草，并没有看到。

　　"单反！"梁芳草终于拆开了礼物，同样都是一架单反相机，只不过这部比先前那部似乎还要更新一些，配置好像也高一些，与陆长亭自己的那架，已经没有太大的区别！而这是陆长亭送给她的礼物！梁芳草简直要跳起来了："二姐二姐！陆长亭送给我一架单反相机！超级超级帅气的！"

　　她高兴得像个孩子，而拿着包子碗筷进门的陆长亭与梁芳华看她的眼神，也像看一个被哄开心的孩子。梁芳草一时兴奋得忘形，竟忘记了去问，为何陆长亭明明说好了今天早上才下飞机，却能在一大早已经捧着礼物出现在她的面前。

　　梁芳草自作主张地想，一定是大家都想给她一个惊喜，所以，大家都瞒着她。她不知道的是，其实昨夜半夜里，陆长亭就悄悄地回来了，到家十二点多了，在陆家给梁芳华发邮件，看她是不是没睡，问她是不是可以出来和他见一面，因为他实在是太想念她。

　　而为了第二天能早起去接陆长亭，梁芳草早早就睡了。她不知道二姐半夜里出了门，也不知道二姐和陆长亭在家门口的路灯下说了话，更不知道，陆长亭还是将二姐退回给他的礼物又送了出去。

"我给你们拍一张！"兴奋的梁芳草用她收到的来自陆长亭的第二次失而复得的礼物，拍下了第一张陆长亭与梁芳华并肩而站的照片。

她的镜头里，一件素白毛衣的二姐和恰巧也同样穿了白色毛衣蓝色牛仔的陆长亭，一人手里捧着餐盘，一人手里拿着碗筷，明明很家常的样子，可他们年轻又好看的脸上那甜蜜的笑容，却像能把周围的空气都染成蜜色一般。

〈她看起来不太好，不知道是因为病了，还是因为不开心。她笑起来的时候，样子与以前很像，却又是不同的。她的眸底有悲伤。我确定，我能看得到。因为那种难过，我在自己的眼底，也发现过。那是因为，我确认了我喜欢的人，所喜欢的人并不是我。——林之沐〉

漂洋过海

来看你

2

Piaohai

PIAOYANG
GUOHAI
LAI
KANNI

第六章

你看着她，我看着你。路很长，我知道你不会回头，也知道我
不会止步。无可奈何的爱啊，大概就是这样吧。

——梁芳草

1

还是梁芳草用相机，捕捉到了陆长亭与梁芳华的第一次牵手。

春天来了。院子里妈妈种的花草都勃发了生机，春节期间的几场寒雨过去之后，花儿都争相开了。

城东的植物园里，有一个桃花节，年年都办的。桃花嘛，寓意着爱情运气，有桃花便是有爱情，桃花旺便是受欢迎，佛山城的男男女女都喜欢这个节日，有美丽的桃花，又有可以恋爱的机会。

植物园的桃花节几乎是佛山人在春节元宵之后最重要的节日了。除了花，自然还有美食。这种热闹，梁芳草素来是会去凑一凑的。

去年，她就带陆长亭去见识过了，今年陆长亭也很有兴趣，不过，并不是因为桃花节多么有意思，而是因为，今年他终于追到了去年喜欢却没敢表白的女孩儿，他仍然记得她与桃花相映红桃花输她几分颜的样子。那时候他偷拍的她的照片，现在仍然在他的梦里。总之，和喜欢的女孩儿去什么地方，都很好。

梁芳华参加这种节日，最大的目的并不是看热闹，而是看住喜欢看热闹的妹妹，不让她走丢，最好别让她惹上什么麻烦，如果惹上了什么麻烦，及早地帮她处理一下，以免一发不可收拾。

从小，家里大姐忙着练武，妈妈那时候还要给爸爸的徒弟们做饭忙不过来，梁芳华自动自发地成为梁芳草的"小妈妈"，直到现在都长大了，她对于小妹，还是这种照顾教导的心情。所以，小妹要去人山人海的桃花节，她自然也是要跟去看着点儿的。更何况，今年有一点儿不同，往年单纯是去看小妹，今年还有陆长亭。

梁芳草几乎是拉着陆长亭在人群里穿梭的。植物园的桃花树都是大树，人很多，游客们在树下拍照聊天，然后还有一条美食街，现做桃花美食的。因为是时节食物，陆长亭虽然来过，但时隔一年，还是感觉很新鲜。两人有说有笑，吃吃喝喝，而梁芳华就不紧不慢地跟在他们身边，看着叽叽喳喳的小妹，和一边陪着小妹玩乐还不忘总偷偷地回头看她一眼握一下她的手的陆长亭。

梁芳草并不迟钝，她只是刻意地去忽略陆长亭看向二姐时那种甜蜜又痴缠的眼神，陆长亭长得很好看，二姐也长得很好看，无论从哪个角度看他们，都简直是完美的组合。但是，梁芳草觉得多看他们一眼，自己原本已经伤痕累累的心就多痛一分。所以她强忍着，不要回头看她们，而总是像个喜欢玩的孩子那样，兴致勃勃地喊："快来快来！看，桃花蜜！"　"快来快来！桃花书签！"

可是，已经互知心意的年轻恋人，恨不得把全部心思放在对方身上，陆长亭更是，他不再满足只是偷偷地握一下她的手，他很想在今天牵梁芳华的手，就在桃花下。反正这里，只有单纯的梁芳草。

陆长亭这么想，也这么做了。梁芳草在对着一枝临水桃花调焦的时候，他反手坚定而又温柔地握住了梁芳华细白而又柔软的小手，两人都有点儿激动又有点儿害羞，梁芳华挣了一下，没挣脱，就由着他了。

两人的心怦怦地跳着，脑子里却是满树桃花盛开的美好。丝毫没有觉察，梁芳草的镜头忽然转了过来。

2

一树桃花下，个子高挺的少年黑发蓝眸，他一手拿着自己的相机，另一只手握住了他身边美丽少女的手，两人在说着什么话，少年的蓝眸看着少女，温柔得似要溢出水来。而少女的双眸微弯，一张脸比身旁的桃花还要惊艳。

梁芳草身体的某一处，忽然绞痛起来，她用力按下快门的时候，就像是用力按在了心里那个流血的伤口之上。

那张照片，几乎是梁芳草有了那部相机之后，拍得最好的一张照片，人物与光线，以及背景，都捕捉得十分完美。

后来的许多许多次，梁芳草每每在看到这张照片的时候，都会想，如果相机是一部能够把时间定格的时光机就好了，那么，她就可以忍着痛，把时间定格在那一天，也把自己内心那些疯狂流窜的不甘与痛楚，也都定格在那一天。她和他们所有人的人生都不再往前走，所有人的人生都在一遍又一遍地重复，这样，她就可以一次又一次地爱上陆长亭，也可以，一次又一次地期望陆长亭会喜欢上自己。而不是，从那天开始，她一天一天地被自己早已经承认的真相折磨。

桃花节之后，梁芳草又病了一次，重感冒，反复地发烧与咳嗽，连父母都觉得很奇怪，怎么一向甚少生病，全家最壮实的小女儿，竟然会因为一次感冒惹得请假了一周没去上学。

梁芳草也不知道自己的身体是不是有了自己的自主意志，她觉得自己得有个接受的过程，不能再每天跟陆长亭与二姐在一起，不能再看到他们对视的眼神了，她总觉得自己会崩溃，她需要整理一下心情。然后，她就真的病严重了。不去上学，自然，也不再每天和住校的他们在一起了。

梁芳草用一周时间整理了自己的心情，是真的，完完全全的那种整理。她无法阻止自己喜欢陆长亭，那好吧，那就继续喜欢吧。比起陆长亭将和别人在一起，她很难再见到他，那么，他和二姐在一起，总是好的。毕竟，他和二姐在一起，就会把她当成小妹看，他不会不理她，也不会跑到很远很远的她可能寻找不到的地方去。

暗恋，不就是一个人暗暗地恋着吗？那么，就这样吧。

梁芳草终于说服了自己，不要再期望陆长亭会喜欢上自己，这样，她觉得自己好受多了。失望堆积得足够多的时候，就可以绝望了。

似为了表达自己的决心似的，梁芳草把桃花节上拍出来的那张合影，冲洗了出来，在夜里悄悄地跑到二姐床上掏出来给她看："二姐！你要是请我吃好吃的！我就不把这张照片给别人看！"

梁芳草记得那一瞬间二姐羞红的脸，也记得二姐一边骂她捣蛋，一边嘱咐她先不要把这件事情告诉爸爸妈妈和大姐。梁芳草像一个足够调皮捣蛋的小妹一样，狮子大开口地要了二姐好多东西，虽然都是对二姐来说，不管她是否威胁，只要她开口都会给她的东西，但她还是装出了很高兴的样子。

她看起来，真的很像很像一个知晓了姐姐的小秘密，用小秘密要挟姐姐的小孩儿。

3

梁芳草不知道二姐信了她的谎言没有，但陆长亭肯定是信了。

因为高一的学习还没有那么紧张，她做陆长亭的跟屁虫的时候很多，周末没有补习课的时候，二姐一般都在刷题，她呢，就跑到陆长亭的暗房里和陆长亭一起冲洗照片。玩摄影很费钱，陆长亭虽然零用钱不少也有自己的收入，但还是经常不够用。梁芳草自己也是个小穷蛋儿，最经常能做的，就是带着陆长亭去吃好吃的时候付账了。

梁芳草也把她拍到的那张他们拉手的照片给陆长亭看了，事实上，那张照片就是在陆长亭的暗房里冲洗出来的。照片出来之后，陆长亭简直对梁芳草不吝赞美之词，夸她有摄影的天分，有一双能够发现美的眼睛，还有捕捉美的感观。

陆长亭说的话，梁芳草每一句都信了。她甚至因为他的话，第一次有了自己的理想，嗯，也许可以称之为人生目标：她想做一名摄影师。如果她能做得很好很好，那么她就可以永远做陆长亭的朋友，毕竟陆长亭的爱好就是摄影呀。

梁芳草的心为这个新冒出来的理想而蠢蠢欲动着，那些能继续喜欢他很久很久的暗喜，像冬天里枯萎的草，在春天又冒出了新绿。

"芳草，蟹黄包我能打包一份吗？"周末的早餐是梁芳草打听到的在一个巷子里的传统蟹黄小汤包，她拉着陆长亭穿越了半个佛山城才吃到，吃完之后，陆长亭微笑着看着她，问可不可以打包。

"当然呀。二姐肯定喜欢！老板，请给我们打包一份蟹黄包！"梁芳草只愣了半秒，就愉快地答应了。当然，这是她非常非常努力才装出来的无懈可击的愉快，她相信，经过了这些天的磨炼，谁也不会看得出来，此刻她的心里，那些好不容易免费补上的伤口，又生生地裂了开去。

这种时刻，实在是太多太多了。她正和陆长亭聊着天，聊得很开心，陆长亭总是不知道怎么的就把话题拐到了梁芳华身上，让她事无巨细，一点一点地给他讲梁芳华小时候的事情。她正和陆长亭吃着好吃的美食小吃，吃着吃着，陆长亭就会问："芳华喜欢吃这个吗？"如果喜欢，他一定会给她打包一份回去。如果不喜欢，他接下来就会问，除了什么什么什么，芳华还喜欢什么？梁芳草通常都会讲，讲梁芳华从小就乖巧标致聪慧无比的事情，讲梁芳华比妈妈对她还好的事情，讲梁芳华唯一的一个小缺点的就是有点儿小挑食的事情。

然后陆长亭总是蓝眸微弯地听她讲，那专心的样子，像一个在记考试重点的小学生。

梁芳草想，陆长亭他一定不知道吧，他听她讲梁芳华的样子有多专注，她的心就有多痛。

大约是痛得多了，痛习惯了吧。梁芳草心里现在倒是没有以前那么痛了。但是，她知道，还在痛。

4

转眼间，便又到了春末夏初时，知了尖厉而又欢快地叫嚣着，一点一点地逼着青春离开，拉着成长到来。

夏天似乎越过了春天一下就跳了过来，高考季，终于要来了。

家里有个高考生，梁家全家人都把生活重点放在了梁芳华身上，梁克越开始要求梁芳华回家住，这样一日三餐都好照料，梁芳草自然也跟着从学校的宿舍搬回了家里。杨婉姝每顿饭换着花样做梁芳华喜欢吃的菜，既要保证营养，又要清淡消暑不能让梁芳华的身体出差错。大姐梁芳海和父亲梁克越原本每天一大早都会在院子里练功的，怕练功的声音吵到梁芳华，也起床就去了武馆，到早饭的时候再回来。

陆长亭偶尔也会向二姐吐槽一句："中国的高考好可怕。"

二姐从大堆的卷子里头都没抬："所以才要努力学习考上大学然后出国去呀。"

陆长亭说："其实有捷径的，我是美国人，嫁给我就能去美国了。"

二姐终于从卷子里抬起头瞪了陆长亭一眼，然后随手扔一本书打陆长亭，然后与陆长亭相视而笑。

用今天流行的话来说，在旁边被无视的单身狗梁芳草被陆长亭他们的恩爱秀了一脸，内心受到了一万点的伤害。

其实伤害哪里只有一万点。那些看着陆长亭与二姐一点一点地互相吸引相互靠近并且你侬我侬的瞬间，那些被陆长亭作为追女孩子捷径拉去给二姐准备礼物谋划惊喜的瞬间，都像无数道闪电将梁芳草的内心劈得粉碎，梁芳草好不容易再次将心拼凑完整，又有新的闪电将梁芳草劈得粉碎。

周而复始的痛。

周而复始的，不舍得不多看陆长亭一眼。

是的。不舍得。

明明是她先遇见陆长亭。

明明是她先发现陆长亭的好。

明明是她先成为陆长亭的朋友。

明明是她先喜欢了陆长亭。

偏偏走进陆长亭心里的却不是她梁芳草。

梁芳草觉得自己站在陆长亭身边，却像隔着银河。

可是，梁芳草舍不得不继续喜欢他，即使知道，他正渐行渐远。

她无论如何也舍不得陆长亭，错过了他的一点儿消息也会觉得失落无比，可梁芳草也明白的，大概陆长亭错过了她的一生，都不会感觉到可惜吧。

梁芳草也乖巧了很多，没再像以前那样动不动就进二姐的房间里乱闹腾了。她不上学的绝大部分时间都去了陆家，陆长亭虽然已经申请到了美国的大学，但他也决定参加国内的高考，大概因为是玩票性质，他并不像梁芳华那样有压力，所以他的生活如常，唯一多了一点与以前不同的，就是偶尔站在院子里向隔壁梁家二楼梁芳华的房间看一眼，浅浅地叹息一声说："她好辛苦。我很心痛。"

高考前一个月，梁芳华回家之后，就不会再出来和陆长亭见面了。她似乎已经与陆长亭约定好了什么，所以陆长亭站在院子里看她窗户的时候越来越多了。梁芳草几乎每一次从阳台经过的时候，都能看到他在陆家的院子里向这边望，不管是清晨还是黄昏或者是深夜，他看到梁芳草出现，会一边做出食指放在嘴唇上让她不要出声的手势，一边对她笑，嘴形好像还在说着什么。

梁芳草知道，他在问二姐的情况。于是她就会打着手势告诉他，二姐在看书或者做题。

梁芳草觉得，以二姐的实力，考上清华北大都没有什么问题，学校里的老师们也都是这么说的，但是二姐还是很努力。这让梁芳草心底生出了一种仰望她的自卑：长得那么好看的人还那么努力，而不够好看又不够聪明还不怎么努力的自己，又有什么信心去让陆长亭换一个人喜欢？

梁芳草没那个信心。

只是，有一天，佛山有台风过境，夜里下了一场像两年前她初次见到陆长亭的那场暴雨一样的大雨。晚饭的时候，父母都说，巷子明天估计又得淹成水塘了，告诫梁芳华说，如果明天早上还下雨，就请假不要去学校里了，在家里复习就行。梁芳草也想明天不上学，但是，父母却说，高一还在上新课呢，不上学怎么行呀。她抗议父母偏心，大姐笑话她，一年到头父母都在偏心她，也就在高考时偏心了二姐一次。梁芳草噘嘴生气，二姐笑着安慰她说，和小妹每天一起上学的时候不多啦，所以不会请假，每天都会去上学的。

下半夜，雨势小了些。梁芳草心里乱糟糟的无法入睡，起身想开窗透透气，习惯性地往陆家的院子里看，只见陆长亭撑一把透明的雨伞，正抬头看着二姐台灯微明的窗户，夜雨晚色下，那个子高高站在雨里的少年，美好得像一个梦。

5

时间漫长如光走在宇宙，但又仿佛白驹过隙，高考终于来临了。

考试前一天，梁芳华反倒放松了。她没看书，也没刷题，反而和梁芳草窝在沙发上一边吃新鲜的荔枝一边看搞笑的综艺节目，看到笑点的时候，姐妹俩抱在一起哈哈大笑，就好像明天根本不用考试一样。

梁芳草问她紧张吗？她说："不紧张是假的，但是该看的书都看了该做的题也都做了，但求尽力，莫问前程吧。"

梁芳草又问："要不叫陆长亭过来？"

梁芳华果断拒绝："不，我和他约好，高考之后才能正式在一起。"

梁芳草心里想果然如此，嘴上却替陆长亭鸣不平："陆长亭几乎每天都在院子里看着你的窗户呀。"

梁芳华说："唉，已经申请到常青藤三所大学的入学邀请的人就是任性呀。"

梁芳华的语气，好似是鄙视羡慕，但听在梁芳草耳朵里，却是一种炫耀与崇拜，她觉得自己好像也有点儿明白二姐那么优秀了却还要那么努力的原因了，因为陆长亭真的是一个已经优秀到独一无二的人了。

梁芳草一直隐约地觉得，陆长亭和二姐之间的约定，一定不只是高考之后正式在一起那么简单，可是，梁芳草一向心思简单，她已经把所有的脑回路都用在隐瞒自己喜欢陆长亭这件事情上了，即使感觉到了什么，也猜不出来高智商的二姐和陆长亭到底有什么打算。

高考的时候，为了多一些与陆长亭待在一起的机会，梁芳草和妈妈一起陪二姐去考场，梁芳华和陆长亭进去考试，梁芳草和妈妈便在附近找一个小店坐下等着，她看起来像是一个变得懂事乖巧的小女儿，一个姐妹情深的小妹，没有人知道，她坚持要来，只是因为陆长亭。

高考最后一天最后一科考完的时候，陆长亭在考试结束前半个小时就走出来了，他在明亮的阳光里向怀里抱着一大把粉玫瑰的梁芳草走过来："哦天呀，我好紧张。芳草谢谢你帮我去取花！"

他的黑发，在夏日的骄阳下，似乎有一点儿金色的光泽，他的湛蓝色双眸，在明亮的光线下似乎蓝得更纯粹了。他的皮肤那么白，就像是长年住在云朵里的天使。恍惚间，梁芳草觉得走过来的陆长亭背后似生出了一双洁白的翅膀，那光华让她差点儿想别开脸不敢看他的笑容："都给你准备好了，加油哦！"

"不会让芳草失望的！"陆长亭的笑容灿烂得几乎让骄阳失色，梁芳草也笑，她笑着安慰自己似在滴血的心脏：是呀，他不会让她失望的。他早已经让她绝望了，不是吗？

就算怀里不抱着一束超级大的粉玫瑰，穿着白色衬衣灰色长裤的陆长亭也已经足够引人注目。所以，当考试结束的铃声响起之后，他就那么站在人群中等待梁芳华走出来的时候，不管是家长还是考生，都因为对他的好奇与赞叹不由自主地做了他的观众。

梁芳草向着人群里鹤立鸡群的陆长亭与二姐举起了相机，镜头里那少年与少女真美，美得似有刀锋，割得她的眼睛生痛。

6

陆长亭是单膝跪下的，也没有说别的太夸张的情话，只是说："芳华，我无法阻止自己喜欢你。做我的女朋友，和我以结婚为前提交往吧。"

他长得特别好看，说得也特别认真，那双蓝色的眸子，更是特别专注与深情。

梁芳华愣了一下，忽然捂住嘴笑了。她笑得很开心，但是，眼底却有盈盈泪光。

是呀，再优秀的女孩子，再冷静矜持的女孩子，在遇到那个自己喜欢的人向自己表白的时候，都会很感动的吧。

梁芳草想，换作是她，大概会更感动，也许会感动得号啕大哭也不一定。

人太多了，手里拿着单反一次次寻找最好的角度按下快门帮陆长亭记下这表白过程的梁芳草差点儿被挤到了人群的边缘。大约是心情有点儿低落，她早餐和午饭都没好好吃的关系，她的胃又隐隐约约地痛了起来，那疼痛密密麻麻的，时隐时现。梁芳草一会儿觉得是胃痛，一会儿觉得是心疼，大概是太痛了，她有点儿分不清楚，但她很努力地忍着，很努力地表现出一个单纯的小妹为自己的姐姐找到了幸福而高兴的样子。

　　杨婉姝先是看到考场外面忽然围了人群，虽然她并不是那种喜欢凑热闹的性格，可心里担心女儿，也走了过去。陆长亭跪下的时候，杨婉姝看到了，愣了一会儿她才反应过来，看着二女儿接过了花抱在怀里，看着陆长亭很高兴地拥抱了她，看着一向冷静自持不像个小孩儿的二女儿脸上忽然飞起了红晕，杨婉姝忽然想起了自己刚认识梁克越的时候，好像也是十八岁，梁克越成绩不好，只不过是个武师的儿子。她呢，虽然家里只有父亲是教授，但到底是书香之家的女儿，她不知道梁克越为什么会喜欢自己，只觉得他的眼神特别的热烈特别的温柔，让她相信全世界的男人中，就只有他一定不会伤害她。陆长亭看二女儿的眼神，与丈夫看自己的眼神很像。所以，尽管心里觉得二女儿这时候恋爱还有点儿早，但是，杨婉姝还是默许了。

　　大概是因为梁芳华的坚持，陆长亭倒也没有太出格，只是相比以前，他与梁芳华走得更近了一些，那向来都绞着她的身影的眼神，也更缠绵了一些。别说已经得到了妻子的消息的梁克越，就是一向只热爱武术神经比较大条的梁芳海，也看出来了不一样："二妹，你和陆长亭是不是有事？"

"是呀。"梁芳华倒也大方承认，她在帮妈妈晒床单，阳光下的脸蛋，透着红扑扑的粉，像极了桃花美人。陆长亭没在，陪梁芳草去补习学校上课了。高考之后，他几乎每天都在梁家泡着，不是陪着梁芳华读书做家务，就是陪着梁芳草去上课。他和梁芳华之间溢出来的甜蜜，人人都看得见，梁芳海也不例外。

"什么意思？"二妹一句是呀，让梁芳海从梅花桩上跳了下来跑到晾衣架前扒开了床单，瞪大眼睛看着脸色淡然却眼底生花的梁芳华，"你恋爱了？"

"嗯。"梁芳华对大姐承认，稍有些羞涩，却落落大方道，"是和 Tam。"

7

梁芳华是在确定自己收到两所美国大学的入学邀请的消息之后，才向父母正式宣布她要和陆长亭一起出国去的。

梁芳华从小就是冷静理智的女孩子，她知道自己擅长什么，也知道自己要什么，她确定了自己也对陆长亭动心之后，便不再坚持矜持。陆长亭是美籍，她很了解他，虽然他很喜欢中国文化，但是，他的梦想肯定不只是在中国上学和读书，她希望能跟得上他的脚步，所以，当她得知他开始准备申请美国的大学之后，尽管高考压力非常大，她也开始着手准备，而且，她申请的学校和他申请的，都是一样的。当然，相比起他的美国公民身份，相比起他身为美国人却在中国生活的经历，她申请起来要更艰难一些，但是，她不会因此而放弃。当然，她没有提前告诉家人，也是因为不想家人和她一起承受更多的压力，申请到了倒还好，若是申请不到，岂不是全家一起失望？

但即使是那么冷静自持的梁芳华，在收到入学邀请邮件的第一时间，她还是想到和一个人分享："小妹，你睡了吗？"

"没呢。"梁芳草在床上歪着玩游戏机，今天她又吃多了，所以胃又在隐约地难受着，玩游戏算是分散注意力。她看了一眼穿着睡衣一双明眸里难掩兴奋的二姐，身体往床里挪了挪，"二姐是要来和我睡吗？"

"嗯。"梁芳华脱鞋上床，觉得屋里的空调开得很冷，很自然地拉过薄被盖住了小妹露出来的肉乎乎的小肚皮，"我有一件高兴的事情要和你分享。"

"什么高兴的事？"梁芳草也来了精神，扔开游戏机趴过来看二姐，乌黑的眸子清亮，"好吃的？好玩的？"

"嗯，算好玩的吧。"梁芳华笑着看着马上就要满十七却仍然像个小孩儿一样的小妹，"小妹，二姐要是去很远的地方读书，你能自己照顾自己不？"

"我当然能呀。"梁芳草忽略了自己直到现在衣柜房间都是二姐帮忙收拾整理的事实大言不惭，"不过二姐你要去哪儿读书？北京吗？"她能想到的最远的学校，也就是北京的清华北大了，不能怪她的，自从她进入高中，每个老师都对她说：学学你二姐呀，她可是读清华北大的料子呀。唉，有个太聪明的姐姐，压力就是这么的顽固与强大。

"不是。是美国。"梁芳华伸手点了一下小妹的额头，"刚才我收到了宾夕法尼亚大学和斯坦福大学的入学邀请，我还申请了波士顿大学和哈佛大学，但是还没有得到答复。"

"呃？你要去美国？"梁芳草一下坐了起来，瞪大了眼睛看二姐，"二姐你要去那儿？"

"美国。"梁芳华抓住小妹的手轻拍，像安抚惊讶的小猫，"我要去美国读大学。"

"哦。好远呀。"梁芳华愣愣地躺下，努力消化二姐说要去美国读书的这个消息，脑子里在努力地计算着，佛山与美国的距离到底有多远，很难过地猜测，陆长亭，大概也会和二姐一起去吧？

8

中元节那天，杨婉姝像往年过节时一样，征集了陆爷一家的意见之后，开始张罗着两家一起吃饭过节，不但包了粽子，还蒸了咸糕和甜糕。中元节是农历七月十四，中国有些地方会过这个节日，有些地方会完全忽略。佛教信徒颇盛的佛山是过这个节的。

　　七月十五是民间传说的鬼节，传说七月十四这一天晚上，鬼门关会大开，鬼魂们可以自由出入。人们会在傍晚的时候，在路口，门口，或者野地边放上一些食物，好给无人供奉的游魂野鬼食用。

　　这天正好是周末，一大早，陆家爷孙三人就到了梁家的院子里，帮忙包粽子和蒸糕点以及准备饭菜，一向被娇惯的梁芳草基本上什么家务都不怎么会做，于是她就负责给摄影师陆长亭讲她听来的各种关于中元节的传说，还拍胸脯包揽下了往年里因为胆子小不敢去做的差事：往门口和路口放祭品。当然，这是因为陆长亭非常积极地说想要去看看的关系，他希望能够拍到那些来取食物的鬼魂。当然，这个想法来自于梁芳草告诉他，传说中照相机是可以照到鬼魂的。

　　梁家、黄家、林家和何家作为相互交好的家族，每家做好糕点和粽子之后，都会让家里的小孩儿给各家送过去，梁家一早就收到了林之沐和黄静澜送来的点心和鸡鸭，何家年年都是下午才送，因为要等新鲜的烧鹅做出来才送来。

　　梁家自然也要回礼的。午饭后，作为家里最小的"小孩儿"，梁芳草拿着礼品篮子出发了，东西不少，梁芳华也跟去帮着她拿一些，陆长亭来中国两年，还没正式过过这个节日，当然也带着相机跟上了。

　　"林之沐！我妈包的粽子你要不要！"刚进林家的大门，梁芳草嘴甜地和林家父母打过招呼，也不跑上楼，就对着林家二楼林之沐的窗户大叫。林之沐从小喜欢吃她妈妈包的粽子，她呢，喜欢吃林之沐妈妈季小笋做的红糖糍粑，更准确一点说，梁芳草喜欢吃季阿姨做的所有食物，不但味道好而且总是很好看。

"之沐出去啦。今天有教授讲座。这会儿应该快回来了。"季小笋已经笑吟吟地把梁芳草最喜欢的红糖糍粑端到了她的面前，"尝尝看，今年的还是不是你喜欢的味儿？"孩子们从小一起玩一起长大，只有两个儿子的季小笋对梁芳草姐妹也很是疼爱，"芳华也吃。高考是不是特别累，我看你又瘦了一点儿。"

"不累。我减肥呢。不过阿姨做的红糖糍粑最好吃了。"梁芳华也喜欢林家夫妇，林之沐父子都是那种冷面人，但是季小笋非常热情，和妈妈的关系也很好，所以两家的关系一直很亲近。

"小华就是会说话。"季小笋夸着，也热情地招呼陆长亭吃，"长亭也快吃。在美国没吃过这种传统食物吗？"

"嗯。没吃过。很好吃。"陆长亭嘴上咬着一个，手上还不忘记调焦对准了美食拍下照片，当然，他拍得更多的是梁芳华。

"林妈，全世界你做的糍粑最好吃！"梁芳草也去哄人，"你看，我也会说话吧。"

"会会会，小草嘴儿最甜。"

林之沐到家，看到的便是梁芳草挨着自己母亲撒娇的模样，仍然一头短发的她长了些身量，大概是喜欢天天在外面跑晒得多，皮肤仍是浅麦色的，看起来健康又阳光。

9

"我回来了。"林之沐进了门，一眼便看出了陆长亭举着相机似在拍食物其实是在拍梁芳华，梁芳华正吃着糍粑和自己母亲聊天，而梁芳草呢，那双乌黑清亮的眼，几乎就一直挂在陆长亭身上没有离开。

林之沐微冷着脸，进去就把梁芳草手里拿着的剩下的小半盘糍粑拿走："剩下是我的。"他拿起一个放进嘴里，将剩下的高高举起，离开了茶厅向楼上走去。他身高已经接近一米八了，瘦高的个儿，长腿迈开大步走得很快。梁芳草反应过来的时候，他已经走到了楼梯的拐角，梁芳草拔腿就追了过去："把我的糍粑还给我！"

"之沐和你闹着玩呢。想吃伯母再去给你做。"季小笋看着追过去的梁芳草，起身要往厨房走，梁芳华却把她拉住了："伯母别忙活了，之沐逗着小妹玩呢。我们吃饱了。"

"也是，之沐这孩子，从小对谁都老成，如果不是喜欢逗着小草玩，都不像个孩子。"季小笋想了想，笑了，"从小就这样，老成得很，连之陌都不逗的。"季小笋想起调皮的小儿子，对比一下少年老成的大儿子，顿时有点儿小忧心，"这么无趣，将来追不到喜欢的女孩子怎么办？"

"怎么会？之沐很酷。"说话的是陆长亭，他的中文进步很大，与林之沐聊得多了，很为他的专业与学识折服，"之沐是超级酷的男生。"

"呵，是吗？"季小笋笑了，可是她怎么看，都只觉得大儿子无趣呀，遗传了丈夫的冷面，又遗传了公公的稳重，却独独没有遗传她的有趣，在她眼里，这样的男生根本没有吸引力好吗？

"对呀。学校里很多女生喜欢之沐。"梁芳华也笑，觉得大概是季姨看自己的儿子有偏差，所以才会觉得林之沐没有女生喜欢，林之沐这种类型的，喜欢的女生很多好吗？

"是不是真的呀？是就太好啦。我都担心他那性子娶不上媳妇儿。"季小笋笑着接下了眼前这一对碧人儿的安慰，"对了，我还做了绿豆糕和龟苓膏，我去给你包好，一会儿拿回去给你妈妈。对，长亭呀，你爷爷也喜欢吃我做的绿豆糕，我给他也准备了。"

"好的。谢谢季姨，那我可以尝尝吗？"陆长亭很不客气，他跟着梁芳华称呼梁家的亲戚朋友似已成为习惯，他喜欢这样，会觉得自己成了梁芳华的家人，一开始他有些不习惯梁陆林何黄这几家人的亲近，但现在越来越觉得，真是人与人之间美好的相处，所以，他也已经渐渐地融入其中。他喜欢这里的人，这里的事，这里的女孩儿。

"当然呀。我还想请你做我的美食摄影师呢。"季小笋是个插画师，在本地的报纸杂志上有美食专栏，专门介绍自己做的美食，以及传统美食典故，喜欢吃的陆长亭喜欢跟着喜欢吃的梁芳草，自然也没少来林家蹭吃喝，他拍的照片很好，季小笋用得很舒心，"我每月写专栏的时候，都叫你来帮忙拍，怎么样？"

季小笋很诚恳地邀请着，而陆长亭先是看了一眼梁芳华，见梁芳华并没有阻止他的意思，才回答的。

10

在告诉梁芳草的第二天，梁芳华也把收到入学邀请的事情告诉了陆长亭。

那对陆长亭来说，绝对是一个巨大的惊喜。因为他之所以早就决定了要回美国去读书，却仍然坚持在中国考高考，就是为了多一个选择——他想先陪梁芳华在国内读大学，然后再慢慢地说服她和自己一起去美国。他绝对没有想到的是，梁芳华为了和他在一起，早已经悄悄地在申请美国的学校，而且申请的都是他喜欢的学校！

怎么会不感动呢？陆长亭觉得自己简直是最幸运的人，他喜欢的女孩儿正好也喜欢着自己，而且，她是那么那么优秀那么那么棒。所以，在知道她为自己所做的这些付出之后，他更加愿意配合她的想法，比如说，她希望在什么时候告诉双方的父母和朋友，她希望自己做出什么样的反应，他都愿意尊重她的意见。

比如现在季小笋请他做她的美食摄影师，他就用眼神问一问梁芳华，是否要把他们即将离开的事情说出来，得到梁芳华的首肯之后，陆长亭愉快地答应了："季姨，我很乐意做你的摄影师，不过，可能我只能帮你拍两个月，因为九月份我和芳华要去美国了。不过到时候你可以让芳草帮你拍，芳草拍美食也拍得特别好。"

"你们要去美国吗？"季小笋也一下惊着了，陆长亭是美国国籍，这一点她是知道的，陆汉青出国后不顾陆爷反对娶了美国的女子生了孩子，在美国待了二十来年呢，可以说那是陆汉青的半个故乡了，而十七岁才从美国回佛山的陆长亭再回到美国也不是没有可能的。但是，芳华也会去？季小笋有点儿担心，转头问梁芳华，"克越和婉姝同意你去吗？"

"还没告诉他们呢，打算晚上说的。季姨，我去美国读书不好吗？"梁芳华笑着问，季姨的性格和妈妈很像，也许季姨的想法就是妈妈的想法，她想先探个口风。

"当然好呀。女孩子多见识见识总是好的。只是你才十八九岁，跑那么远，有点儿不放心呀。"季小笋想，自己都觉得不舍，更何况杨婉姝，"你妈妈只怕比我更不舍得。"

"季姨，我会照顾好她的。"陆长亭适时表了决心，季小笋顿时想起了读小学的小儿子某天回来说的八卦：今天长亭哥在考场外给芳华姐送玫瑰花了，我们班的小女生都说浪漫死了，唉，看来我以后也得这么干。当时季小笋没怎么放在心上，现在再仔细一看眼前这两个孩子的眼神动作，不都是恋爱中的小情态吗？男孩儿黑发碧眼十分好看，女孩儿眉目如画也美得精致，季小笋越看就越觉得开心："呀，这样呀，那长亭可要好好照顾我们芳华呀。"

"季姨，我能照顾好自己。"梁芳华笑得坦然，但脸却止不住发热。陆长亭看着小女友脸颊上漂亮的粉红色，觉得自己全身的血液都在欢快地奔跑："嗯。我知道你很棒。但我还是会照顾你。"

此情此景，看在季小笋眼里是一对佳人。而看在刚与林之沐打闹完跑下楼的梁芳草眼里，却是花下的刺，很美，但也痛得鲜血淋漓。

〈从前并不觉得暗恋一个人可怜。比如我喜欢她，就觉得一个人静静地喜欢也好。想她的时候，就去见。见到她笑就会觉得开心。可是，现在忽然觉得很努力地喜欢别人却在很努力地压抑自己的她很可怜，大概是，见到她碎裂的眼神，我的心也会碎裂般的痛。所以有时候宁愿，如果她喜欢的那个人也喜欢她多好呀，那样她的心就不会碎。那样，我一个人痛就好。——林之沐〉

漂洋过海
来看你
2

guohai

PIAOYANG
GUOHAI
LAI
KANNI

第七章

　　总在某一个场景觉得似曾相识，有人说，那是因为这个世界已
经在某一个节点毁灭。我们不过是在重复，重复做已经做过的事情，
重复度过已经度过的人生。这样也好呀，那我就可以，一次又一次
地重新爱上你，也可以一次又一次地期盼，你可能也会爱上我。

　　　　　　　　　　　　　　　　　　　　　　　　——梁芳草

1

虽然，梁芳草已经早就知道，虽然，梁芳草已经做好了心理准备，虽然，梁芳草知道自己阻止不了，但是，晚饭后，梁芳华忽然对家人说，她想在 9 月和陆长亭一起去美国读大学的时候，她觉得自己的心还是掉在地上，像玻璃球一样，碎成了许许多多的碎片。

"你是说？你已经收到那个什么大学的入学通知书了吗？"梁克越硬是愣了一会儿，才反应过来。周围的老友里，手上有点儿钱的，都在想着办法把儿女送到国外去，他想过的，二女儿读书读得好，她要是想去，他就是掏钱，也愿意让她去。但那是再大一点儿的事情，今年都没满二十呢，说到底他心里还是疼爱女儿，不舍得那么小就一个人去那么远。

"嗯，我向四个大学都递了申请，但是现在已收到了宾夕法尼亚大学、斯坦福大学和波士顿大学的入学邀请。宾夕法尼亚大学和斯坦福大学都有奖学金，不过，要去的话，还是要花一些钱的，住宿和前期的生活费用之类。"

"这笔费用我可以付。"陆长亭有些紧张，他心里很害怕梁家拿不出去留学的钱，而不让梁芳华去，"再过半年我就满二十岁，可以使用我的基金了。我负责芳华在美国所有的费用。"

"胡闹。"梁克越沉着声说了一句。陆长亭顿时白了脸："梁叔，我是真的……"

"我的女儿读书，为什么要你付费用？"梁克越很认真，"她又不是没有父母，不需要你为她付学习费用。"梁克越看了一眼紧张得就快冷汗涔涔的陆长亭，觉得这些天心里憋着的气儿总算出来了些。杨婉姝见丈夫真有点儿恼，赶紧拉了拉丈夫的手安抚他，嘴上也安慰陆长亭："长亭呀，你梁叔的意思是我们不是不同意芳华去美国，只是觉得她现在还有点儿小，我们不舍得她跑那么远。"

"我会照顾她的。不管她读哪个学校，我都会和她一起的。我申请的大学和芳华是一样的。我们还说好了到了美国后一起申请麻省理工学院，叔叔，我是真的喜欢芳华，不会放弃喜欢她的。"陆长亭真急得有些快语无伦次了，一双蓝眸里的急切与慌张交织着，看得就坐在他对面啃西瓜的梁芳华心稀碎。

梁芳草不知道要如何形容自己此刻的心情，她既希望爸爸为难陆长亭，最好最好能反对他和二姐在一起，让他们分手，这样也许，她就会得到一个微乎其微的机会。又很希望爸爸妈妈都不要为难陆长亭，因为她深切地知道，陆长亭对二姐到底有多么用心，她不想他伤心难过，她希望他能开开心心地和自己喜欢的人在一起幸福一辈子，即使那样她自己会心碎至死。

可在这样的场合，她没法说话，不是不可以捣乱，也不是不可以挺身而出为陆长亭说话，而是她全身都已经痛得没有任何力气，她只觉得身体很痛，很空，需要很多东西去填满。于是，她选择了食物，似乎食物从嘴里吃进去之后，胃很撑的时候，心好像就能得到那么一丁点儿的安慰。

2

梁芳草尽量把自己的注意力放在食物上，她已经吃过了晚饭，大家在说话的时候，她又一直在吃点心和水果，她没让自己的嘴巴停过。因为她觉得只有把注意力放在食物上，才能让身体里传来的痛稍微轻一些。她只记得最后大家都很开心，没有人会狠心拆散一对很相爱又很努力地创造条件在一起的小恋人，也没有人会忍心让梁芳华伤心，当然，也没有人会不喜欢那么优秀那么美好的陆长亭。双方父母不但同意了他们一起去留学，还对他们的相恋乐观其成。

梁芳草知道的，二姐是好人。陆长亭是好人。好人就应该有好事发生。这很好。这真的很好。所以，她觉得自己难过觉得疼痛非常的不合理非常的卑鄙，她觉得大概是自己出了问题，所以，需要纠正的是自己的想法。也许，她本来就不应该喜欢上陆长亭的呢？

这么想着，到晚上应该去路口放祭品的时候，陆长亭和梁芳华还在和父母说着去留学的一些事情，梁芳草就一个人去了。

她提着放祭品的竹篮子，一个人走在巷子里，这几乎是她懂事以来，第一次在过中元节的时候不觉得害怕。

她看起来虽然天不怕地不怕，但是她胆子小，怕鬼。中元节是她最不喜欢过的一个节日，没有其他人陪同，她是不会出来帮妈妈做放祭品这样的事情。但是，今天她并不害怕。鬼又有什么可怕的呢？鬼大不了吓她甚至要了她的命，她现在这么痛，吓一吓又怎么样？要了她的命又怎么样？也许，当鬼把她变成鬼，她就不觉得痛了呢？

梁芳草胡思乱想着，强行忍耐着胃部的疼痛与不适，走出了巷口在十字路口的路边放下了祭品，放好之后，她已然浑身冷汗直冒，她觉得肚子很痛，心很痛，似乎全身上下都在痛。她实在觉得自己撑不住了，就在巷口第一次遇到陆长亭那天，陆长亭站着的那个台阶上慢慢坐了下来，刚坐下，恶心感就来了，她不得不飞快地站起来跑向了最近的一个垃圾桶疯狂地吐了起来。

一只手抚上了她的背部，轻轻地帮她拍着，让她可以吐得舒服一点儿，还沉浸在悲伤绝望情绪里的梁芳草以为对方是鬼魂，心里正想着这鬼魂还挺温柔，却听到林之沐带着些清冷的声音在说："都长这么大了，你就不能学会不要吃到吐吗？"

梁芳草接过他递过来的手帕胡乱地擦嘴，擦完之后随后把手帕塞
进了自己的运动裤裤兜里："谢谢你呀。回去洗了再还给你。"

"得了吧。你会洗吗？"林之沐冷淡地说着，手臂却很有力地握
住她的肩膀扶住她，"到那边去坐一会儿，我去给你买瓶水。"

林之沐把痛得浑身出冷汗的梁芳草扶到了巷口小卖部门外的桌子
旁让她坐下，才进去买水。梁芳草只觉得吐完之后，自己的胃更痛了，
她双手按住肚子趴在桌子上，也不知道怎么的，眼泪就大串大串地掉
了下来。

3

林之沐并没有买普通的矿泉水，而是买了一个杯子，然后向老板
要了一点儿热水。刚那样狂吐过，胃肯定很脆弱，他不想她再喝冷水。

林之沐从商店里走出来的时候，只见梁芳草的脑袋趴在桌子上，
肩膀紧绷，似乎在强行忍耐着什么，他赶紧走过去："小草，你怎
么了？"

"没什么，刚吐完，有点儿不舒服。"梁芳草闷闷地回答，转过
头去，不想让林之沐看到自己满脸的泪痕。可林之沐还是看到了："怎
么了？是痛得厉害吗？走，我送你去医院。"路灯下，梁芳草脸上的
泪痕像剧毒一样渗进了林之沐的心里，他像方才那般搂住梁芳草的肩

膀，想把她扶起来送她去医院，梁芳草却挣扎着："不用去。真的不用去。我没事。"

"梁芳草！"林之沐忽然连名带姓地叫梁芳草的名字："你没事才怪！"她从来没有这样哭泣过。她从来都是开开心心的，即使心里有心事，她也藏得很好，她善良得让人心疼，此刻她的眼泪让他心碎又心慌，"听话，去医院。"

"不。我不去。我没事。"梁芳草说着我没事，眼泪却掉得更凶猛了，这让从未见过她这样哭泣的林之沐的脑袋"嗡"的一声，就炸了。他的理智被心疼击成了碎片，他遵从本能，把她哭泣的小脑袋按进自己的胸膛，尽管她的眼泪像毒药渗透他的衣服穿过他的衣服炽伤了他的心脏，可是，他知道，自己早就再也不能对她的事情置身事外了。

梁芳草哭了一会儿就忍住了，抽抽搭搭地对林之沐说："你不能把今天晚上的事情告诉别人！"林之沐哼了一声，也不知道是答应了还是没答应。然后梁芳草又哭了，她说，"林之沐，我好难过。"说完这句之后，她又觉得哪儿不对，怕林之沐多问什么，她解释说，"我的肚子好痛，全身都好难受。"

林之沐一手扶着她的肩膀，一手把刚要到的热水递给她："喝点儿水。最近你经常吐，可能是胃出了问题，去医院检查一下吧。"

"我没事。我不要去医院。"梁芳草怕林之沐不相信似的，举起自己的手臂给他看，"看我壮得，像是会生病的样子吗？"

　　"像。"林之沐看她一眼，心想她大概不知道她最近食量很不正常吧？人虽然看起来还是以前那种婴儿肥的样子，但是，却远不如一年之前壮实了，看起来，她现在甚至是有一点儿虚胖，总之就是看起来让他担心的不健康的样子。他刚才拉她的手的时候，顺便摸了一下她的脉，是真的虚，应该是脾胃出了问题，而且问题不小。

　　"我没病，好着呢。"梁芳草忽然想起林之沐不但成绩好，还跟着林爷习武与医理，虽然他年纪还小，也没见他给谁看过病，但是，一向好严肃好严格的林爷总夸他性格沉稳学艺也精来着。她知道自己的胃可能真被她吃出了一点儿问题，但是，她就是不想被任何人知道。

　　　4

　　"明天开始不要乱吃东西。"林之沐拿她没法，只在心里暗想，是不是得多抽些时间看着她，别让她那样胡吃下去了，真吃出大毛病可不行，"再这样乱吃身体受不了。"

　　"知道啦知道啦。"梁芳草喝了一点儿热水，感觉自己好像真的好了一点儿了，很敷衍地挥手示意林之沐不要再说了，"我好多了。我回家去啦。"

　　林之沐看她转身要走，也没阻止她，只是默默地拿起被她忘掉的装祭品的竹篮子跟在了她身后。今天是中元节，别说晚上自己一个人出来放祭品了，就是有人陪着，她还害怕呢。今天却自己一个人出来了，小丫头受的刺激很大吧？

"喂，你别跟着我了。"梁芳草嘴上让林之沐别跟，手却不去接他递过来的篮子，"算了算了，你送我到门口吧。"刚才不觉得，这会儿觉得今天的巷子还是挺瘆人的。

两人很快走到了梁家门口，梁芳草开门的时候，林之沐把篮子递给她："记住不要再乱吃。记不住的话，我就告诉梁叔和杨姨。"

"哎呀，林之沐你什么时候学会告状了？知道啦知道啦。"梁芳草捣蛋地踮起脚快速地捏了一下林之沐的脸，怕他还手快速地跑进屋去。而林之沐看着关上的门，站了好一会儿，才伸手摸了摸刚才被梁芳草捏过的脸，嘴角不自觉地上扬了一个小小的弧度。

屋里的人都还没有散，大概是聊到了孩子的未来又聊到了现在，梁陆两家都相谈甚欢，梁克越和陆汉青居然又开始喝起了啤酒，两人都喝得有点儿高了，聊得便更知心起来。陆爷睡得早，大概已经回去休息了，陆长亭和梁芳华两人坐得很近，拿着笔记本电脑正在和梁芳海介绍着几个学校的优缺点，梁芳草静悄悄地进门，是刚从厨房做配酒小菜出来的妈妈先发现的："小草回来了？害怕不？"

"嗯。有点儿。"梁芳草露出了笑脸，"妈妈你做了什么？好香？"

"炸了点儿花生和叉烧。你陆伯伯和爸爸还想喝一点儿呢。"杨婉姝看着小女儿伸手过来拿了块叉烧往嘴里放，"你刚就在不停地吃呢？还没吃饱吗？"

"嗯。我饿。"其实也不是真饿，刚才她把所有的食物都吐光了，现在胃还有点儿痛。但是她就是不由自主地觉得需要食物来安慰，"妈妈，你也给我做点儿吃的吧。"

母女俩说着话，就进了厅堂里，梁芳华听到了梁芳草要求妈妈给做东西吃，她看了一眼时间，才九点多点，晚饭七点多才吃完的，吃完饭小妹又一直在吃零食，怎么这会儿又饿了："小妹，你又饿了？晚饭没吃饱吗？"不对呀，晚饭的时候，小妹的胃口明明很好。

"嗯，很饿。妈妈，你给我做炒饭吧。大姐二姐你们吃吗？陆长亭，我让我妈妈做炒饭吃，你吃吗？"不说还好，这一说，梁芳草就觉得自己更饿了，"妈妈，快去做吧。我真的饿了。"

"你这孩子，不是刚吃过晚饭没多久吗？"杨婉姝也觉得小女儿奇怪，但是她还是又去了厨房，梁芳草看大家都没再质疑自己，不知道为什么松了一口气，但松了一口气之后，整个人都非常失落。

5

高一升高二的整个暑假，梁芳草都过得很辛苦。表面上，她和家人一样，很为二姐和陆长亭高兴，但内心里，她既纠结又痛苦。脸上笑着，每天仍然是爱玩爱闹的样子，可心里却碎成了渣，每天半夜里醒来，都发现枕头上有泪痕。

但这些，她无从诉说。她很舍不得陆长亭走，舍不得以后很长的

PIAOYANG
GUOHAI
LAI
KANNI

时间里，她都会见不到他。可是，她也知道自己阻止不了。陆长亭和梁芳华已经做好了计划，两人打算先去读为他们提供了全额奖学金的宾夕法尼亚大学，那里离陆长亭妈妈的故乡很近，陆长亭的外祖父家是当地的一个很有名的家族，陆长亭与家人的关系也比较亲近，他希望能够把梁芳华介绍给自己的家人，两人还计划好了，两年之后一起考麻省理工的研究生。

两个学霸把自己的人生安排得轻描淡写，就像美国的不管哪个大学，只要他们想上就一定能去上一样。梁芳草知道的，事实也真的会像他们所想的那样，他们想去上哪个大学就能去上哪个大学。不能去的，大概只有她这种人而已。二姐已经那么聪明那么完美，要申请那几所大学，还经常通宵达旦地读书，像她这种靠密集喂题目外加两个学霸的帮助都考不上一高的普通女孩儿，可以做到陆长亭在哪儿就考去哪儿吗？梁芳草知道的，她没那个本事。她可以很努力很努力地靠近，但是，要进入他的世界，那并不是她付出努力就能做到的事情。

这种明白了现实的绝望感，让梁芳草更加痛苦。原来呀，她一直都和陆长亭差了那么那么远，原来呀，不管她多么努力，都不可能跟上他的脚步。

放弃？梁芳草想过的。如果可以不再喜欢他，那就好了。她只需要快快乐乐地做原来那个单纯的梁芳草就好了。可是，就像她也不知道自己为什么会喜欢他一样，她也无法控制自己什么时候不再喜欢他。

如此纠结与绝望地熬着，梁芳草每天都带着一种类似绝望的告别，拉着梁芳华和陆长亭出去吃喝玩乐，理由很简单也很真实：等你去了美国，想吃也吃不上啦。等你去了美国，想玩也玩不上啦。她的语气里，带着浓浓的不舍，她既舍不得二姐，更舍不得陆长亭。可是，她不能说。因为不能说，心里便更难受，那种既不希望他们走，又希望他们快走的心情一天比一天重，一会儿想，要是有什么事情发生让他们走不了就好了，一会儿又想快走吧快走吧，走了说不定她就能眼不见心不痛了。

所有的痛苦，都只能靠食物来稍作安慰。一样又一样的美食吃到了肚子里的瞬间，梁芳草会觉得那些似乎无处不在的疼痛稍有缓解，于是，为了不那么痛，她不断地吃。即使吃了吐，吐完之后，她还是要吃，仿佛全世界所有的事情当中，只有食物是治疗她的药那般，那点来自美食的慰藉，像一根救命的稻草，梁芳草死死地抓住了。

6

也许是过于痛楚的心理体验让梁芳草忽略了身体的疼痛，也许是内心对陆长亭的贪恋，又想在他出国前多与他相处一些时间，于是想着，就算病了也没有关系，也许病了，二姐就会要求留在国内呢，也许陆长亭就会为了二姐也留下来呢。

有两次，梁芳草吐完吃下去的食物之后，半夜里，胃又痛得吐了，吐出来的不是食物，而是血水。她自己看着那血迹呆了呆，悄悄地处理干净，什么也没有说。

大半个暑假梁芳草看起来都在高高兴兴地陪陆长亭梁芳华买买买吃吃吃玩玩玩，那么多人里，大概只有每次出现都皱着眉头把她手里的食物与冷饮夺走的林之沐知道，她并不好。

梁芳草吃得不少，但人却开始消瘦，一个月时间，便瘦得很明显了，连她自己都发现，原本穿得稳稳的运动裤，都松得需要一根皮带了。梁芳华在买自己的衣物的时候，也替她置办了几身合身的新衣服，然后把她的衣柜重新彻底地整理了一次："小妹，内衣在上面的抽屉，袜子在下面的抽屉，你记住的话以后就不会乱，夏天的衣服在左边门，冬天的衣服在右边门，春秋季在中间门，我给你买了脏衣篮，你要是不在卫生间换衣服，就把衣服放脏衣篮里，不要随便塞进衣柜，还有呀，冬天冷的时候不要嫌麻烦不穿保暖衣，小时候你得过一次支气管炎，医生用错了药，现在每次感冒之后都会咳嗽，自己要注意。不要趴在床上吃零食，小心蟑螂和蚂蚁天天晚上找你玩……"梁芳华一边给小妹整理一边嘱咐，她从小照顾小妹照顾习惯了，想到自己走之后，小妹肯定把自己的房间弄得乱糟糟就觉得又无奈又好笑，"大姑娘家了，不要把自己的房间当成狗窝好吗？还有呀，你最近吃得不少，个子也没长，人却瘦了那么多，是不是身体出了什么毛病？我明天陪你去医院看看吧。"关于梁芳草吃得多却开始消瘦的问题，家里每个人都注意到了，好几次想带她去医院检查身体，她都拒绝了。梁芳华知道小妹从小怕打针，但身体这个事情，也不能由着她，"这次不准不去。不去检查，真生病了，天天打针那才可怕呢。"

"二姐，我不想去。"梁芳草还想赖皮解决问题，但这一次梁芳华没妥协："不去不行，昨天之沐特意和我说了，一定要带你去检查。他说你的脾胃可能出了问题，而且不是小问题。再不检查要出大事的。"林之沐都这么说，梁芳华是信了。林之沐和林爷不太一样，林爷只信奉中医，但林之沐不同，他是中医医药和西医医理都学一些的，就好像他发现了梁芳草身体出了问题，并没有贸然给她开药，而只是很认真地对梁芳华和梁克越建议，让他们重视带她去医生做详细检查一样，他很稳重。

梁芳草已经想好了，明天她才不要去医院呢，她起得早早的，出去玩一天不回家，谁也找不着她，还怎么押她去医院？

但是，那天半夜，她便开始发烧和呕吐，甚至因为疼痛而进入了半昏迷状态，迷糊中紧急入院了。

7

救护车到巷口的时候，梁芳草已经痛得失去了意识。一直都觉得小女儿挺健康的梁家夫妇吓得都慌了。幸好，入院之前梁芳华机灵把林之沐也叫上了，否则到了医院在梁芳草已经陷入昏迷的情况之下，也没那么快地让医生快速地判断出病因。

诊断结果出来得很快，初步判断是胃溃疡没好好治疗，病情恶化突发为胃穿孔，需要紧急手术。

所幸情况可以控制，手术很成功，但需要住院观察治疗一段时间，到出院，也是开学时的事了。

梁芳草做手术的时候，离梁芳华出国的时间，只有五天。梁芳华和陆长亭商量了一下，去把机票延后了。

梁克越和杨婉姝知道二女儿是放心不下小女儿，虽然觉得惋惜，但也没说什么，晚一点去，也可以让二女儿多留几天稍解不舍。

倒是梁芳草，醒来后光顾着觉得伤口痛，想吃东西又全都不能吃，烦恼了几天，到了梁芳华原定出国的那天中午，才后知后觉地想起了这事儿："二姐！你不是今天的飞机吗？怎么还在这里？"

梁芳华正在把刚从家里熬好的稀粥倒出来放凉，闻言看了她一眼："怎么，这么希望我走呀？"

"我们太担心你了，把机票延后了，等你好了再走。"这暑假以来已经与梁芳华形影不离的陆长亭则正在削一个苹果，不是给梁芳草吃的，她现在还不能吃苹果，是给梁芳华的。

梁芳草吃了几天容易消化的流食，只觉得嘴里都能淡得飞出两只鸟儿来，她盯着陆长亭手里的苹果："陆长亭，苹果给我咬一口。"

"医生说你不能吃。"陆长亭拒绝了，随后又被梁芳草可怜巴巴

　　的笑容逗笑，他起身拿了一只勺子，往削好的苹果肉上刮了几下，然后把勺子里那小半勺苹果泥递给了梁芳华，"芳华，给小妹吃一点儿吧。这几天把小姑娘馋坏了。"

　　"我们就是因为惯着她，这才挨了这一刀呀。"梁芳华嘴上责怪着，手却接过了勺子递到了小妹的嘴边。她心里却也不忍心，素来好吃的小妹都喝了好几天小米汤了，医生说容易消化的水果可以稍微吃一点儿，那这点儿苹果泥应该没事，"馋也忍着，把身体养好了再吃。"

　　"我现在很好呀，不痛了。哎呀！"梁芳草似为了证明自己那般伸了一下双臂，结果却因为用力太大拉扯到伤口，一下就痛得靠回了床头。

　　"还逞强呢？"陆长亭微笑着看着梁芳草，眼神里有爱屋及乌的温柔。且不论梁芳草是梁芳华最爱的小妹这一点，就只是个可爱的邻居妹妹，陆长亭也是以自己是梁芳草的兄长自居的，"之前你吃多了就吐的时候，就应该抓你来医院的，都怪我没注意。以后可不能这么由着你了，之前就很痛了吧？怎么都不说？"

　　关于痛这个问题，家里每个人都问过她，为什么痛了不说。梁芳草用自己没注意这样的话搪塞，这会儿陆长亭又问起，她也笑嘻嘻地说："我没注意到痛嘛，以为只不过是吃多了。你知道我从小就爱吃的。"

因为她有很多因他而起的痛，所以顾不上胃痛这点儿小事。可是，她怎么敢说出来呢？

8

林之沐刚刚到病房门口，便听到了梁芳草在里面说她没注意到痛那句解释。

没注意到痛？怎么会呢？梁芳草确实从小爱玩爱闹，玩得开心的时候，手上腿上不小心被树枝草叶刮伤了都是不在乎的，但是，当她过了那兴奋劲儿，发现自己手上腿上有小伤口的时候，多半会哇哇大哭起来，一半是痛的，一半是娇气的。梁芳草有多么怕痛，林之沐从小和她一起长大，她又经常玩得疯，手上脚上有小伤是常事，从小就经常听到她为手上一丁点儿刮破皮的小伤大哭半个小时的林之沐，如何会不知道她是多么地怕痛？

而且，胃穿孔可不是普通的疼痛。即使是急性的，在此前，就会有很多的预兆。

胃溃疡会痛，特别是梁芳草已经很严重的程度，应该是痛得很厉害的。但这姑娘竟然一声不吭，如果不是变成急性胃穿孔，那大家都不知道她竟然病得这样严重。

为何？林之沐觉得自己隐约知道，但是，他又不想去揭穿那个真相。因为，他也会觉得痛。

深呼吸一口气，林之沐还是敲门进去了："芳华姐，长亭哥，小
草今天好点儿了吗？"

"刚才在外面听到你中气十足那一声叫，是好得差不多了吧？"
一起来的黄静澜笑嘻嘻地故意气梁芳草，"洪兴楼新推出了一款榴
酪，好吃得很，想去吃吗？"

"黄静澜你皮痒痒了是不？"刚才扯到的伤口还有点儿痛，梁芳
草作势要打黄静澜，但也不敢动作太大，于是转头看向何家盛，"阿
盛，帮我打他。"

何家盛没说话，但脸上却有了一个笑容，伸手不轻不重地在黄静
澜肩膀上拍了一下，黄静澜顿时把身体窝了下去，嘴里嚷嚷着："呀
呀呀，阿盛你练的是什么功，我的骨头要碎了！呀呀呀，好痛呀！"

梁芳草"喊"了一声，脸上的笑容却满了起来，病房里多了活泼
的黄静澜，气氛一下好了起来。少年抢吃着亲朋来看望梁芳草时送的
牛奶水果，看得梁芳草一个劲儿地咽口水，眼巴巴地看着二姐想让二
姐开口给她也吃一点儿，无奈梁芳华谨记医生的嘱咐就是不开口，她
看向陆长亭，陆长亭摊手无奈地表示自己也无能为力，梁芳草悄悄地
向何家盛要一颗樱桃，半途却还是被林之沐截了去。

梁芳草住院的这十多天，便在家人与朋友们的陪伴下"生气"又
"难过"地过去了，出院那天，杨婉姝做了一桌好吃的，请梁芳草的
小伙伴们都来梁家吃饭。事实上，自从梁芳华决定要走之后，杨婉姝

几乎每天都变着花样一桌一桌地做菜，让梁芳草梁芳华把朋友们都请回家吃饭，就当是为了女儿饯行。都是能吃的少年，杨婉姝的厨艺又是不输给经常上本地美食节目的季小笏的。于是，梁芳华走之前，林之沐黄静澜他们几乎天天晚饭都到梁家报到。家里热闹了，梁芳草似乎也觉得，看到二姐和陆长亭甜甜蜜蜜，好像也没那么难受了。

陆长亭与梁芳华要走的前一天，大家吃了一顿饯别饭，是在梁家吃的，陆长亭自然也以二姐男友的身份在场。

杨婉姝很高兴地做了很多菜，梁克越大抵是有点儿养了多年的好白菜就这么被猪拱了的意味，席间让陆长亭喝了好几杯白酒。

梁芳草发现，陆长亭醉了的时候，眼睛的蓝竟更深了。

微醉的陆长亭竟用中文背了几句他认为很美的诗：

愿多年以后，你我仍是旧友，可以共饮一杯老酒一醉方休，可以谱一曲别样离愁，还能唱一句青春不朽。

那是梁芳草有天没忍住对他说过的几句话，没想到陆长亭把它当成了诗。

那是得知他已经决定和二姐要去美国之后的一天，二姐去参加聚会，陆长亭一个人帮忙去补习班接她回家。回到巷口的时候，月光温柔地照在青砖地面上，又美又忧伤。

梁芳草知道再不舍得陆长亭，也必须面对即将到来的离别，于是自言自语般，对他说了那几句话。

陆长亭很认真地听，然后笑着说："梁芳草，想不到你还会写诗呀。能再说一次吗？很好听呀。"

梁芳草就真的再说了一次。也许陆长亭真的觉得诗很优美，竟用他的录音笔录了下来。

只是梁芳草不知道，陆长亭会在这种时候，就着似是而非的意境，把它当成诗一样说出来。

梁芳华笑说，陆长亭你可以呀，都会作诗了。

梁克越和陆爷都点头说，学好中文是好事。大姐点头附和了爸爸。

梁芳草忽然心潮涌动，她什么也没有说，低头默默扒饭，心中惶惑惊慌，多么害怕家人们知道这些话是她所说，又听出来了些什么。

幸好，大家都只当陆长亭是酒后胡言。

梁芳草不知道是应该难过还是应该庆幸，难过于他的中文不好听不懂她说的话背后的意思。庆幸于幸好他不懂，所以她与他不会陷入尴尬。

也好。他走了也好。她就再也不用担心他会走了。

9

梁芳华和陆长亭走的那天，梁芳草高高兴兴地和家人与小伙伴们一起送他们去了机场，高高兴兴地一路有说有笑，高高兴兴地说，等自己高中毕业了，也申请美国的学校跟去给二姐捣乱，然后大家一起嘲笑她，一高都考不上，不可能考去美国啦除非美国哪个大学招收捣蛋鬼之类的话。

看起来很正常，真的。就算最后梁芳华搂着梁芳草说"女孩子要勤快点儿照顾好自己"的时候，梁芳草一下子"哇"的一声哭出来抱住了二姐，大家也觉得很正常。从小梁芳华像小妈妈一样照顾梁芳草，大家是都知道的，此刻的不舍，大家也都理解。

陆长亭拍了拍梁芳草的肩膀，又像哥哥安慰妹妹一样摸了摸她的脑袋："别担心，我会把二姐照顾好的。我们争取每天早上你上学前给你打个电话，可以吗？"

听到他的声音，梁芳草只觉得，一路上做的所有的心理建设，全都崩溃了。他的声音就像一把刀，把她封得密密的心割了个口子，那些她好不容易才装好的所有的痛楚与委屈全都散落出来了。

梁芳草哭得稀里哗啦的，林之沐悄悄地上前一步，把手里的干净手帕递给了梁芳华。梁芳华给小妹抹了眼泪，把手帕塞到她手里："别哭啦。以后林之沐的手帕，你要自己洗啦。"

"我才不要洗。"梁芳草还在抽抽搭搭，但也没好意思把抹了自己眼泪的手帕塞还给林之沐，她忽然想起，自己抽屉里好像真的有很多条林之沐的手帕来着，她总是用了就带回家，二姐洗好给她叠好让她还给林之沐，但她好像从来没还过……

"那你要快递到美国给我，我给你洗吗？"梁芳华捏了一下小妹的鼻子，"好了，二姐走了。要乖，不要再乱吃东西了。"

"之沐，我们走了。以后多看着小草一点儿，吃东西要多注意。"已经有一个兄长的自觉的陆长亭竟也转头向林之沐吩咐了一句，林之沐微微地点头。梁芳草听了这话，紧咬着嘴唇才没让自己再哭出声，陆长亭这样嘱咐林之沐，是不是代表自己在他心里多少也有一点儿位置？即使，看起来只是像一个兄长对不懂事的小妹，她应该庆幸，对吧？

航班开始检票的广播响起，梁芳海伸手把依依不舍赖着二妹的小妹给拉到了自己身边："检票已经开始了。快进去吧。一路顺风，到了不管什么时间都回个电话。"

"好。"梁芳华和大姐拥抱了一下，又分别拥抱了父母，这才和陆长亭并肩走向了安检。梁芳草咬着嘴唇，没敢看过去，怕自己在崩溃之下冲动，跑过去对陆长亭说些什么不应该说的话。

回程路上，尽管小伙伴们一再说笑，梁芳草却蔫蔫地望着车窗外，不怎么说话了。

他上飞机了吧？到了太平洋上空了吗？他会安全到达吧？他会很快就忘记梁芳草这个人吗？不会的吧？梁芳草可是他喜欢的女孩儿最爱的小妹呀。

每一个念头，都像一个结，一个一个地挂满了梁芳草的心。

10

梁芳草忍了两天，还是没忍住作了一次。

她能怎么办？她总是想起陆长亭，想到不能入睡，总站在阳台上发呆地看着陆家的院子，心里觉得他随时都会从屋里走出来，扬手向她打招呼"嗨，芳草"，哦不，不知道从什么时候开始，他也已经不再叫她芳草了，而跟着二姐一起叫她小草。梁芳草不喜欢这个"小"，小草比芳草听起来亲近，但是，那却并不是她想要的亲近。她不想做陆长亭的小妹，一点儿也不想。

梁芳草觉得心里的痛实在是太多了。而陆长亭在她生活里的消失，似乎带走了她身体里除了痛之外的所有的东西。她觉得整个身体都是空的。没有陆长亭的佛山城也是空的。

没有什么能够提供安慰。除了食物。

但是现在，一家人都在严格地控制着她的进食种类与进食量，力求把她受伤的胃养好，再变回那个健康快乐能吃能喝的梁芳草。她想出去吃，不管是林之沐还是黄静澜，或者是附近那些认识梁家的人，都会说一声："芳草呀，你能吃这个吗？雪糕太凉就不要吃了，吃别的吧。""这个辣呀，芳草你妈妈说了不能给你吃辣的。""芳草呀，你姐姐特意和我说过呢，不能让你喝冰可乐。我刚煲了糖水给你一碗好不好？"

住在小城，就是这一点不好。左邻右舍都认识，附近小店也都认识，走远一点儿想买个雪糕，也能遇到认识的熟人。

可是，不吃，她用什么安慰自己呢？

梁芳草从补习班逃课了，带着何家盛一起的。其实就算她不带，不管在什么地方，何家盛只要看到她就会一声不吭地跟上去，直到她开口叫他回家为止。

"阿盛，我们去城西吃麻辣牛丸好不？"梁芳草拉着何家盛上了去城西的公交车，城西那边熟人相对少些，而且，那家麻辣牛丸特别特别好吃，她想着那麻麻辣辣的味儿，觉得口水都涌上来了，也觉得自己心里好像没那么难受了。

终于吃到一大碗飘着红辣椒油的新鲜手打牛肉丸的时候，梁芳草顿时觉得内心那些空荡，有了一丝丝的安慰。有什么是一顿好吃的不能解决的呢？如果有，那就吃两顿。真理呀。

佛山九月的天气，还是很热，梁芳草瞄了两眼店家冰柜里的冰啤酒，最后还是没忍住去拿了两听。她自己开了一听，另一听给了何家盛："阿盛，今天来吃好吃的是我俩的秘密，你可不能告诉别人呀。"

何家盛点了点头，梁芳草有点儿不放心又重复了一句："记住呀，任何人都不能说呀。"

第一口冰啤酒下去的时候，梁芳草就已经觉得肚子有点儿不对劲儿了。她缓了一会儿，觉得应该没事，牛肉丸的味道实在是太鲜了，她没忍住。她安慰自己，这都怪牛肉丸太好吃，并不是她没有自制力，而且，手术都过去一个月了，医生都说她能正常吃东西了的。总不至于一碗牛肉丸就出事吧？

唉，陆长亭也很喜欢吃这里的牛肉丸，只可惜，现在坐在对面的人不是他了。

〈她大概是我见过的最傻气的姑娘了吧？她怎么可以为一个并不喜欢她，甚至都不知道她喜欢着他的男生那样痛楚呢？是因为心太痛了吧？所以，身体的痛被她通通忽略。或者即使痛，她也选择不说。我要拿她怎么办呢？傻得可恨，又傻得让人心疼。——林之沐〉

漂洋过海

来看你

2

Jrohai

PIAOYANG
GUOHAI
LAI
KANNI

第 八 章

　　在路上看到一个像你的人，我会停下脚步凝望。听到你的姓氏，我的呼吸会忽然漏掉一息，视频里看到你，却不敢望你的眼睛。知道你出现在屏幕上，只是因为喜欢那个正与我视频的姑娘。可我心里还是会有欢喜的泡泡在一个又一个地冒出来。怎么办，那是我的只为你而跳动的扑通扑通的心。

——梁芳草

1

"好辣呀，真好吃！"一大碗麻辣牛肉丸吃完了，一听啤酒也见了底儿，梁芳草只觉得脸上有些发烫，猜想可能是冰啤酒的关系。她结了账，站起来要走，刚到门口，便觉得肚子一阵绞痛，她忍了忍，那疼痛却更剧烈了，剧烈得她不得不伸手抓住身边的何家盛，以稳住痛得几乎要站不起来的身体。

"小草！"林之沐跑了过来。梁芳草不知道他是怎么知道自己在这儿的，这会儿她痛得已经冷汗直冒，痛得只觉得眼前白光一片，她很沮丧地想，唉，作死又被林之沐抓包了。

梁芳草想生生撑住的，她怕痛，更怕家人追问她为什么要这样做，明明知道不能吃，为什么还要去吃。可是，她到底没能忍住，两腿一软便倒下去了。

"梁芳草！"林之沐一个箭步接住她倒下的身体的时候，声音几近撕裂。

梁芳草被一碗麻辣牛肉丸和一听冰啤酒放倒了。原因是胃部剧烈疼痛与啤酒的作用，医生说，她脆弱的胃不耐酒精，希望以后杜绝一切有酒精的饮料。看着梁芳草痛得说不出话的样子，梁克越夫妇又心痛又拿小女儿没有办法，只能轻声安慰着。梁芳海也将到了嘴边要责怪的话都吞了回去。一路把梁芳草背到医院的林之沐原本便有些冷然的脸此刻几乎能够结起冰块。梁芳草只看了他一眼，便不敢再看了，不知道为何，觉得最近的林之沐变得好可怕。

梁芳草需要住院观察两天，作为男孩儿，林之沐和何家盛自然不好陪夜，两人一路沉默地从医院回家，林之沐本不是多话的人，何家盛又是个几乎从不说话的，载他们的出租车司机都觉得奇怪，怎么这两个好看的少年看起来像是一对好朋友，但却一句话都不说。

到巷口下了车之后，何家盛与林之沐一个家在右边，一个家在左边，要分开走了。林之沐看了何家盛一眼，往他那边走了过去。虽然林之沐一直都觉得何家盛只是不喜欢说话而已，他并不傻。但这大晚上的，林之沐还是把他送回家比较放心。

何家盛也没有拒绝。他不会拒绝，也不喜欢与别人交流，幸好，大家都觉得他是傻子，又生活在同一个熟悉的区域，大多一笑之后没人与他计较过。

"她每天都在笑，但是，这里，她的这里在哭。"何家盛忽然停下脚步，把手放在了心口，突兀地说了这一句话。若是别人，肯定不知道他在说什么，但林之沐不是别人，他是一个智商极高感观又极其敏锐的人，他从很偶然的一些小细节里知道，何家盛并不傻。何家盛只是有些自闭不爱与人交流，而且很有可能是个数字方面的天才，否则，谁能解释平时成绩很普通的他竟然以数理化满分的方式"意外"地考上了一高？还有，平时一起出去玩，只要是涉及数字的事情，何家盛从来没有出过错误，甚至有时候，比相对大意的梁芳草与黄静澜都要敏锐准确。也许，何家盛并不是傻，他只是懒得与无关的人交流，他对喜欢的事物才会非常敏锐，比如现在，很多人都不知道梁芳草为何对食物难以自控的情况下，何家盛知道梁芳草有心事。

2

林之沐不知道何家盛为何要对自己说这句话，难道，他敏锐到，也感觉到了自己对梁芳草的心思了吗？

林之沐"嗯"了一声，没再说话。而何家盛就像是自言自语忽然说了一句话一样，说完之后就继续走路，直到进了家门，一句话都没再跟林之沐说。

林之沐一个人走在回家的路上，周围太熟悉了，几乎每一个街角，每一处台阶，每一间商店，都有着关于梁芳草的记忆。他天生早慧，别的小孩儿七岁之前的事情，到了现在这十七八岁的年纪，就已经渐渐忘却了。但是他没有。他还记得三四岁时自己妈妈带着自己和梁芳草妈妈聚会的样子，有时候是妈妈带着他去梁家，有时候是杨姨带着梁芳草来林家。梁芳草从小就长得敦实，浓眉大眼，像个男孩儿，跑得也非常快，当然，摔得也非常多，摔倒了就会哇哇地哭，然后也不需要人去哄，自己一边哭一边玩，玩一会儿就不哭了高兴了。她唯一像女孩儿的地方，大概是小女生的声音很清脆。下雨了，大人们说，不要去玩地上的积水呀。梁芳草嘴上说知道啦知道啦，下一刻就拉着他一起跳进了院子角落的小水洼里。大人们说，不能爬树呀。她嘴上说着知道啦知道啦，下一秒就拉着他往树上爬。那时候的他很瘦，比梁芳草矮也比她显得小，梁芳草就一直以为他是弟弟，去哪儿都护着他，在学校里，还会为了护他跟其他小男生打架。直到小学毕业之后，他的身高与体重都慢慢地变成了正常男生的样子，梁芳草才没整天嚷嚷着：林之沐，你要跟着我呀，我保护你。那些小小的童年时光好像很慢地过去了，但好像又很快，梁芳草不知道什么时候变成大姑娘了，圆圆的脸慢慢地变得秀气了，敦实健壮的身体不知道什么时候拔了个儿抽了条了，只有那嘴上总是说着知道啦知道啦的口头禅没变，只有那想做什么就做什么的单纯个性仍然没有变。

但说到没变，她似乎又变了许多。有哪个单纯的姑娘能够忍着对一个人的喜欢天天笑笑闹闹的？梁芳草就能。如果，他不是在关公庙那棵许愿树的树洞里偶然发现了她的心事，他也会信了她。他甚至可能都没有何家盛敏锐，能觉察到她并不开心。

林之沐不知道如何形容自己的心情，很难过，很酸楚，但是又有欢喜。他花了很多时间去确认自己对梁芳草到底是一种什么样的感情，是童年小伙伴，还是邻居兄妹，或者是其他。但是他能确定，他不想做梁芳草的哥哥，也不想做她的弟弟，一点儿都不想。

因为这一次晕倒，梁芳草被家人彻底地管制起来了。一日三餐，想吃什么都可以，但是不能过量。梁克越夫妇还与街坊邻居又再次打了招呼，请大家帮忙看着她点儿，完全是把她当成不懂事的小孩子那样保护的样子。林之沐他们，自然也被一一拜托过了，在学校里，林之沐、何家盛和黄静澜三人轮流跟着她，几乎片刻都在他们的视线里，她刚买了一听可乐，转手就被人截了去："芳草，不能喝这个，喝凉白开吧。"

3

每天喝凉白开，只吃一日三餐不能吃早茶不能吃夜宵有什么意思？可是家人管得太严，梁芳草还真没有放肆的机会。这样将养了一两个月，因为胃部手术而急剧消瘦苍白的梁芳草脸上的血色终于一点一点地回来了。

梁芳华每天早上上学前，都会打电话回家，国内正巧是晚餐后的时间。她会给梁芳草讲她昨天一天的学习生活，讲有意思的事情，最重要的，是问梁芳草吃了什么，有没有乖乖听话。二姐这样的电话，一天早晚各一个，于是梁芳草知道了很多二姐留学生活里的事情，当然，也知道了陆长亭的母亲家竟然是当地一个非常著名的财阀家族，家庭气氛很好，家庭成员们也都十分出色，像陆长亭的母亲就在波士顿大学做教授。陆长亭带着二姐去和他母亲见了面，二姐对陆长亭妈妈的专业非常有兴趣，于是就聊得很开心。陆长亭呢，因为喜欢摄影又有可能要涉足管理母亲名下的产业，所以一边修工商管理一边修艺术，完全是两种不同的课程，于是日子就过得有点儿抓狂。虽然二姐说陆长亭过得很抓狂，可从视频里看，陆长亭还是以前那种自信又乐观的样子，两人不同的专业，但每天傍晚都会一起吃晚餐，一起和梁芳草视频。陆长亭会揽着梁芳华的肩膀，有时候是拉着她的手，他低头向摄像头打招呼的时候，偶尔会忍不住亲一下梁芳华的头发，那种亲密并没有刻意，只让人觉得他们的相处很自然又很美好。美好得让视频这一边的梁芳草眼眶发涩。

"小妹，我的暗房你可以用呀。不吃好吃的，你可以玩好玩的嘛。我已经和爷爷说过了，他说你最近都没到我们家去了。你去嘛，我的所有摄影器材你都可以用。"陆长亭坐在梁芳华身边，像梁芳华一样叫她小妹，像梁芳华一样逗她开心。他们在吃比萨，陆长亭吃完自己手里那一块，很自然地低头去咬梁芳华手里剩下的比萨边儿，梁芳华干脆全都给了他，他一点儿都没嫌弃就吃完了。

他们看起来好好，就像是爸爸接过妈妈吃不完的半碗面条，连汤汁都不剩一口气吃干净一样。都说生长在自由国度的男孩儿，会更注重隐私，更注重个人与自我，但陆长亭看起来完全不是这样，他眼睛里对二姐的爱意与宠溺，就像是二姐咬过的所有东西，都变得更香更美味一样。

梁芳草不知道自己这样算不算自虐，她觉得，即使二姐很关心她，很想每天都知道她的情况，可她自己还是应该要减少与二姐视频的次数的，就算视频的时候，每一次看不到陆长亭，也不要问二姐，陆长亭呢。然后最好陆长亭就不出现。这样她不用看着他们很自然地秀恩爱，这样她就不会觉得心脏痛得一次又一次的碎裂。

可是，她忍不住。

4

"爸爸，我还饿。"

"妈妈，我就再吃一个。就一个。"

"大姐，一点点。我就再吃一点点。真的。"

"林之沐！你想饿死我吗？"

"黄静澜！我就喝三口！三口还不行嘛！"

"阿盛。我真的好饿。没力气走路了，我们去吃那边的肠粉好不好？"

天知道，梁芳草说这些话的时候，真的都是真心的。她真的觉得很饿。这种饿是真的饿，她知道自己的心里难过，所以总想用食物安慰自己的胃。那是她对自己的安慰方式，内心痛楚更甚，却不知如何宣泄，她只能放任自己的痛苦，用吃来填补内心的空洞。一开始真的只是这个原因。但慢慢地，她发现好像不只是这样。她饿得更厉害了，而且，是真的饿。

梁芳草知道，这里每一个认识她的人，都用自己的方式在关心与呵护着她。梁芳草也知道自己得到了很多的爱，但她的内心却因此更加孤寂，因为这些爱里，独独缺她最想要的那一个人。那一个人的爱，也有很多很多，只是，那么多的爱，他只给二姐一个人，对她的一丝关怀与温柔，也不过叫作爱屋及乌。

是的，她虽然感激感恩，却也怨恨痛楚。

她希望自己做一个感恩知足的小妹，但是，她也无法忽视内心那些一点一点像荆棘一样疯狂生长的妒忌与怨恨。

她不知道要如何平息这种痛楚，只能把希望寄托到她最喜欢的食物身上。美食确实是有用的，味蕾与胃和满足感，让她感觉自己稍微好过了那么一点点。但这一点点的满足，忽然就像一种毒瘾一样在她身体里弥漫开去，她越来越依赖，最后，就成了一种生理上的饥饿。

所以，她每一次说自己饿的时候，都是真切无比的。她从来都是那个单纯可爱的梁芳草，她的眼神清澈到没有任何杂质，她没有骗他们，而他们，也并没有觉得她说了谎。

每一个人都爱她，谁舍得让她饿？

大约是因为胃已经养好的关系，她也没有再因为吃太多而病倒，反而一点一点地胖了起来，肉乎乎的娃娃脸回来了，肉乎乎的胳膊回来了，那个肉乎乎的看起来壮实又健康的梁芳草也回来了。

去医院检查了，医生笑着对梁克越夫妇说："胃现在应该是没有什么问题了。但能吃也不要瞎吃呀，还是要注意。而且，小姑娘也不能过胖是不是？"

确认了她已经恢复健康的消息，梁家人自然高兴，至于胖一点儿，那也没事。不管怎么样，她看起来健康就好。

吃饭终于解了禁，梁芳草高高兴兴地和小伙伴们去好好地吃了一顿，早茶先去了洪兴楼，夜宵又去吃了大排档。冰啤酒在林之沐的坚持下，大家都没让她碰，但是一直想吃的东西，梁芳草是每一样都吃到了。

她很开心，你一言我一语地和黄静澜说着笑话，中间还给梁芳华打了视频电话，把桌上的美食一一拍给她看，问她是不是很馋。

梁芳华倒还好，陆长亭馋坏了："呀，小妹，你可不可以看一看，有什么可以通过国际快递寄给我们！"

"能寄也不给你寄，哈哈哈！"梁芳草笑得很开心，在所有人都不注意的时候，她悄悄地抹去了眼角笑出来的一滴眼泪。

5

都说，时间可以治疗一切的伤口。梁芳草也是相信的。她相信时间一点一点地过去，她心里的痛也会一点点平息，那些看不见的伤口也会一点一点地结痂。

她像以前一样嘻嘻哈哈，也努力于功课。只是陪她上补习班的人由二姐和陆长亭变成了林之沐。林之沐不会拿着好吃的在教室外面等着她，但是如果她说她饿想吃东西，林之沐都会陪她去吃。只是在她吃的时候，林之沐会控制她吃下去的量，还会强制地让她吃得慢一些。有时候，她很认真地说自己饿也没有用。

大约是因林之沐更像一个稳重的成年人的关系，梁芳草慢慢地有些抗拒和林之沐在一起，她开始在放学时偷偷和何家盛溜走，不再等林之沐。因为何家盛不会限制她吃东西。黄静澜也不会限制，但黄静澜沉迷于游戏，很少会陪着梁芳草四处跑。

梁芳草也知道的，自己对于食物的依赖有些太过了，甚至已经是不太对劲了。但她好像控制不了自己。

又是秋冬春夏过去，陪着梁芳草吃吃喝喝的少年们，一个一个地长成了身材修长的少年男子，林之沐的身高已经有当年的陆长亭高了，黄静澜也是，何家盛个子稍低一点儿，但也将近一百八十公分了。只有梁芳草没有长，她的身高好像还停留在一年前的样子，一米六二左右，与一年前因病消瘦不同的是，因为这一年毫无节制的吃吃喝喝，她一点一点地变成了一个小胖子。

这天早晨，梁芳草半个身体都埋进了衣柜里，去找一件能穿进去的裤子。显然，一年前妈妈和二姐替她置办的衣服已经撑不住她现在的胖了。她不想发胖，但是，又无法控制自己对食物的贪恋。就像她不想再继续喜欢陆长亭，却又总是想着他，总是想在与二姐的视频里见到他一样。

梁芳草找了半天，都没找着她想要的衣服，奇怪，她瘦之前那些衣服呢？

"小妹在找什么呢？"梁芳海上楼叫妹妹起床吃早饭，就发现还穿着睡衣的小妹趴在衣柜里，把衣服翻得一地都是，她没忍住过去帮小妹把地上的衣服捡起来放在床上，然后环视了一圈小妹的房间，啧啧惊叹："小妹呀，以前二妹经常唠叨你不会收拾我不信，因为每次来你房间都好好的。现在二妹出国了，我才发现原来二妹说的是真的呀，你是要住在狗窝里吗？"

"哎呀，大姐，你怎么能用狗窝来形容我的房间呢！"梁芳草还在往衣柜里掏，因为用力声音有点儿喘，"这也太侮辱狗窝这个词了，狗窝哪里有我的房间乱！"

唉，她怎么不知道自己的房间有多乱？就是因为乱，她才更想二姐，二姐做什么都很有条理，自己的房间收拾得干净精致，她的房间也帮她收拾得很舒服，而且每次收拾完她就弄乱，然后二姐再来收拾，嘴上虽然也说她，可是从来没有真的责怪过她。就是因为这样，所以她才看不起她心里那些小恶魔一样的妒忌呀……

6

"哈哈！小妹！你真是！"梁芳海被小妹逗笑了，"你到底在找什么呀？"

"衣服呀，我以前的衣服。我胖了好多，现在的衣服穿不上了。"自己现在又成了个胖子，梁芳草明白，也接受了这个事实。但不可避免的，这让她更自卑。而这自卑又催长了胃口，吃再多她都不觉得满足。

恶性循环她知道，但是，她对自己无可奈何。

"不算胖，长点儿个子就瘦了。找不着别找了。走，大姐带你去买衣服去。"梁芳海看着小妹几乎埋进乱糟糟的衣柜里的样子，也是一阵头痛。她自幼对武术格斗感兴趣，对于做家务呀收拾房间之类的，也是一个头两个大，她自己的房间是尽量简单，所以没有小妹的房间这么乱而已。

"去买衣服吗？那你要请我吃好吃的。"梁芳草从衣柜里的衣服堆里爬出来，得寸进尺地提要求。梁芳海板着脸："我给你买衣服，难道不应该是你请我吃好吃的吗？"

"那我没有钱嘛。我的钱都是爸爸妈妈给的零用钱压岁钱，你不但有压岁钱，你去武馆帮忙爸爸还给你发工资呢，而且你去年还得了两个武术冠军的奖金……"梁芳草几乎是掰着手指数大姐的收入，一下惊讶了，"大姐，你这么有钱，你怎么都不请我吃饭？"

"妈妈做的饭不是比外面的饭还好吃吗？"梁芳海倒不是不想给小妹花钱，是她每天都要练功，还要去武馆帮忙，还有各种比赛，所以根本顾不上带小妹去玩。想到这里，梁芳海也觉得自己这个大姐做得不够好，"走吧，大姐今天给你买衣服，还请你吃好吃的。"

"妈妈做的饭虽然好吃，但是外面也有好吃的呀。"梁芳草捡着地上的衣服，总算找着了一件宽一点儿的 T 恤，但是原本配 T 恤的裙子，却怎么也套不上了，一时间她沮丧得差点儿就不想出门，还是梁芳海不想看小妹不开心，硬拉着她出去的。

姐妹俩走到了巷口，刚要打出租车，一辆面包车"吱"的一声就停在了姐妹俩面前，车窗落下，露出了一张与何家盛相似的白皙秀气的脸，是何家盛的哥哥何家兴："芳海，小妹，你们要去哪儿？我捎你们吧。"

"我们自己去就行。"梁芳海见到何家兴，面上不知道为什么有点儿不高兴。梁芳草却一眼瞅见了车里的何家盛："阿盛，你也在呀，家兴哥你们要去哪儿？我们要去天龙商场那边。"

"那正好顺路！上来吧！"何家兴很高兴地邀请，佛山八月的天气热得很，梁芳草不想再站路边等出租车，拉着大姐就上去了。车里开着空调，梁芳草舒服地歪在座椅上："家兴哥你的新车真舒服。"

"嘿嘿。舒服就行。你们以后要去哪儿，给我打个电话，我做你们的司机。"何家兴悄悄地从后视镜里看梁芳海的脸，心里在猜测她为什么不开心，难道是那天自己喝多了说错话了？

梁芳草没注意到何家兴与大姐之间的暗流涌动，倒是认真地和何家盛说着她待会儿的美食计划，何家盛专心地听着，偶尔点头，也不说话。梁芳草不由得又想起陆长亭来，若是陆长亭，会和她一样兴奋聊很多吧？

7

那天买了衣服，也在外面吃了饭，吃了饭之后，梁芳草还吃了芋圆糖水双皮奶，还吃了冰激凌，梁芳海拉她回家的时候，她还嚷嚷着饿，想要买一个比萨路上吃。她的食量真是让梁芳海也吓了一跳，板着脸不肯给梁芳草买，谁知道她去上个卫生间回来，就看到梁芳草抱着几个从面包房买的蛋糕面包吃上了，而且吃得又急又快，就像真的是非常饿了一样，她怕梁芳草噎着，赶紧又去给梁芳草买了一瓶水。梁芳草把四个面包吃得干干净净之后，这才没嚷嚷着饿。回到家，梁芳海以为小妹不会再吃晚饭了，可她又眼睁睁地看着小妹吃了两碗米饭，饭后又喝了一大碗绿豆汤。若今天不是陪着她吃了那么多东西，梁芳海倒觉得还好，算是长身体时的正常食量，可梁芳海在心里算了一下她今天吃的东西，着实又吓了一跳，赶紧去夺过她还想端起来的碗："小妹，不能再吃了！"

"怎么了？"梁克越不知道小女儿今天已经吃了很多东西才回家，还以为她在外面饿坏了，见大女儿拦着小女儿不让再吃，顿时明白了几分，"小草，听大姐的。好吃也不能多吃。忘了去年做手术的痛了？"

"爸爸也嫌弃我胖了吧。"梁芳草嘟嘴抗议，"我又没乱吃，我吃的是妈妈做的饭呀。"

"那也不能吃到撑，对胃不好。还想吃妈妈明天再给你做。"大女儿向来是稳重的，不会逗着小女儿玩，所以杨婉姝下意识地也站在了大女儿那边。

"妈妈也嫌弃我了吧？"梁芳草本来想笑嘻嘻地说的，可话一出口，眼眶不知道怎么的就红了，"嫌弃我胖，嫌弃我吃得多了吧？"

"小妹……"看着向来大大咧咧的小妹忽然红了眼睛，梁芳海愣住了，"妈妈……"

"怎么了？这孩子……"杨婉姝也愣住了，好好的，怎么就哭了？

"……"梁克越看着忽然之间掉金豆子的小女儿，一时间智商根本上不了线，看看小女儿又看看大女儿，不知道自己应该说什么。

电话在这时候响了起来，梁芳海去接："喂，二妹。嗯，刚在吃饭呢。"原来，是梁芳华每天早上的例行电话，问问梁芳草的情况，平常这时候多数都是梁芳草接的，但是今天梁芳草没接，她掉着眼泪起身回房。梁芳海看了一眼小妹的背影，决定不告诉二妹让她多担心："小妹和之沐他们出去玩了，还没回来呢。"

梁芳华也没怀疑，聊了几句就要赶校车了："对了，差点儿忘了说，大姐，我看小妹最近好像胖了，去年买的衣服应该不太合身，你带她去买几身。要不叫妈妈带小妹去也行。不过我看妈妈最近跟着季姨学画画也挺忙的。"

"是呀，妈妈还去学国画呢，上周让爸爸陪她去买了半车纸回来。"梁芳海笑，做了一辈子主妇的妈妈有点儿爱好是好事，她和爸爸都很支持的。

"哈哈，昨天小妹告诉我了。Tam还夸了呢。说画得超级美。"梁芳华提到了心上人，就看到陆长亭向她跑了过来，"不说啦，我们去上课了。对了，明天早上记得让小妹等我视频呀，有好消息要告诉她。"

8

挂了电话，梁芳海为了哄小妹开心，特意到房间里告诉她，明天早上二姐会有一个特别好的消息告诉她。

上楼后自己哭了一会儿的梁芳草，也觉得自己无理取闹了，顺着大姐给的台阶就下了，两人都没再提之前的事情。担心小女儿的杨婉姝也上楼，和大女儿一起，一边轻声数落小女儿不收拾房间，一边把她乱糟糟的房间收拾了一遍。

梁芳草看着，心里半是酸楚半是难过。妈妈很好，爸爸也很好，大姐很好，二姐更好。他们都对她很好很好，她不开心，是她自己不好。可是，她又不知道，要如何才能让自己开心起来。

为什么会那么喜欢他呢？喜欢得只剩下伤心与不甘，仍不改初衷。

陆长亭走后，夜开始变得更长，她用功课打发，用游戏打发，用吃打发，时间都一点一滴地熬着，很难很难才能入梦。梦里从不记得是否梦见了他，只记得是一些相处的小段落，只记得每一个段落的最后，他都离开她跑向了她追赶不上的远处。

每一天都很悲伤。但是，她只能把这悲伤默默地封在身体里。

第二天梁芳草又起来晚了，她赖在床上，接过了大姐拿过来的笔记本电脑，向视频那边的梁芳华打招呼："嗨，二姐。"

梁芳华也窝在沙发上，很温柔地对梁芳草笑："昨晚玩游戏还是做噩梦？都睡到九点多了呢。"

"嗯，玩游戏了。"梁芳草也笑，她没有在玩游戏，她只是觉得难过而难以入眠。

"不要玩太久游戏。大姐说昨天和你一起去买新衣服了，是不是又买了一堆小熊 T 恤回来？你看，我也给你买了几件，上面的小熊很特别，明天就寄回去给你。"梁芳华说着，在镜头那边展示几件 T 恤上的小熊图案。每一个都很可爱，好像是国内没有的款式。

"二姐，你别给我买了。我现在好胖，穿什么都不好看。"梁芳草真有点儿小沮丧。

"圆圆脸的女生多可爱。你的胃受过伤，消化系统可能比较紊乱，你三餐要规律些，零食和夜宵要少吃，还要多运动。胖一点儿没关系，你要健康才行。"梁芳华安慰小妹，但梁芳草还是很沮丧："我想像二姐一样瘦。"

"戒掉夜宵和零食，你就会瘦回去啦。夜宵和零食吃多了不好。我待会儿跟大姐说，让她每天早上叫你一起练功好不好？"

"不好。才不要那么早起来呢。"

"所以亲爱的小妹，小猪也爱赖床呀。"梁芳华笑着调侃，"你就做我们家的小猪好了。"

"二姐才是猪呢，哼！"

"小妹，告诉你一个好消息。"

"什么消息呀？你要和陆长亭结婚吗？"梁芳草随意地问，然后像忽然惊醒一样猛地坐起来，"二姐！"

"笨小妹，想到哪儿去了？我是要告诉你，我和 Tam 已经安排好了圣诞节假期，而且我们现在在攒旅费，到时候会回佛山去哦！怎么样？惊不惊喜？"

"真的吗？"这下梁芳草是真惊讶着了，这么说，她还有两个多月就能见到陆长亭了？！

9

"嗨，小妹！"

梁芳草还对着电脑呆愣着，陆长亭忽然出现在屏幕之上，远隔重洋的网络视频并不是特别清晰，可梁芳草还是通过那模糊的像素捕捉到了他美好的侧脸。他先是侧脸亲了二姐的额角一下，然后才对着电脑上的梁芳华打了个招呼，打完招呼之后，他似乎要去忙什么，低头笑着对梁芳草讲了两句什么，又趁势亲了梁芳华的鼻子一下，才回头对梁芳草说了一声再见。

陆长亭已经消失在屏幕上了，可梁芳草还在发呆。她听得不太清楚他们低声说着什么，但是她看清楚了他的动作，他的眼神，他对二姐的小亲密。

陆长亭走过去亲吻梁芳华的动作，特别地自然也特别地亲昵，就像最普通最亲密的恋人一样。梁芳草明白的，那很正常呀，他们是互相喜欢的恋人，陆长亭那么喜欢二姐，他亲一下二姐很正常呀。他就算亲很多很多下也很正常呀。

可是，她怎么就觉得那么难过呢？就像心里无端生出来一把小刀，一点一点地在剜她的心脏一样难受。

那种难受，在梁芳草的身体里，缓慢而又深刻地游走了一天，第一次，她有点儿茶饭不思，早饭午饭都没怎么吃。

她也没出门，只是歪在沙发上胡思乱想，最后比较二地安慰了自己，要是每天都可以这样不想吃饭，她是不是可以减肥成一个陆长亭的镜头喜欢拍的瘦弱女孩儿了？

然而一切只是美好想象，晚餐的时候，大约是因为早饭中饭见她胃口不佳，晚餐异常丰富，全都是她喜欢吃的菜。

一周过去后，梁芳草也就是那两顿吃得少了一点儿，她依然壮硕如初，并且因为妈妈的贴心喂食还胖了点儿。

胖就胖吧。除了食物，还有什么能安慰她孤寂又空洞的心呢？

陆长亭向梁家人全家展示了他向梁芳华求婚的过程。他好像很没有信心，他先告诉了陆爷和陆汉青，随后又告诉了梁家夫妇，当然还有梁芳海和梁芳草。

特别是梁芳草，陆长亭是这样求她的："小妹，芳华最疼爱你了。求求帮我说说好话可以吗？我觉得这一辈子只想和芳华在一起，每分每秒都想，所以我想向她求婚。"

梁克越夫妇一开始有点儿崩溃：不是说美国人比较开放吗？怎么这才二十岁，这才恋爱没多久，就要求婚了？

但陆长亭的态度非常诚恳，又解释了很多很多他必须和梁芳华结婚的迫切，到底，还是获得了两家人的默许。

梁芳草希望过的，二姐那么骄傲的人，二姐那么优秀的人，也许她没考虑好要不要与陆长亭共度一生呢？毕竟，他们才二十岁，如果在国内，还没到法定结婚年龄呢。也许，二姐会拒绝呢……

但是，梁芳华没有。

她不但没有，还戴上了陆长亭给的戒指，感动得哭了。

梁芳草看到了陆长亭笑着盈满眼泪的蓝眼睛，她难以形容心里的感受，明明希望二姐拒绝他的，可是为什么此刻看到他的感动与庆幸，却感觉与有荣焉？

是吧，她喜欢他，早已经到了奇怪的程度。她明明不是陆长亭的谁，却难以忍受陆长亭受了哪怕是一点点的委屈。

10

傍晚的时候，梁芳草坐在梁家大门的门墩上，望着巷口发呆。天气预报说今晚会有台风，但是，直到此刻天气还好好的。

有个高高的少年拐入巷口，路过巷口第一家杂货店门口那棵大榕树，秋渐深，地上的落叶金黄，穿白板鞋的少年穿过被斜阳拉长的树影渐渐走近。

"芳草，坐在这儿做什么？"是林之沐。

"林之沐。我想吃麻辣小龙虾。城东罗叔那家。"梁芳草望着林之沐，眼神超级诚恳也超级迫切。

"不可以。"林之沐直接地拒绝了梁芳草。梁芳草似知道答案一般，转过脸去嘟嘴不再理他。

"但你可以吃这个。"林之沐忽然递过来一只小小的精致的餐盒。

闻着那味儿，梁芳草眼睛一亮："季姨做的蒜蓉大虾吗？！"

林之沐没作声，只是默默地看着梁芳草把那盒她喜欢吃的大虾给接了过去，急切地打开用手指拿了一个就吃了起来。

林之沐得知了陆长亭向梁芳华求婚的消息，特意叫妈妈做了这道菜，又特意一个一个地挑出来给她送过来的。

他没有拿太多，知道她已经吃过晚饭，怕她的胃受不了。他不知道，她是否察觉过他的心意，可是，他总归是没有办法不在意她的。

林之沐特意留在梁家，陪梁芳草聊了一会儿天，快十点了他才离开的。他都已经想好了，明天一早，如果台风还没来，就过来带上她出去玩，到处走走散散心总是好的。若是台风来了，就叫上黄静澜过来陪她玩电脑游戏。

不但是林之沐，就是梁家所有的人，都没有想到，在天还没有亮，台风刚刚开始肆虐的时候，梁芳草出事了。

如果说，在梁芳华和陆长亭走后的日子里，梁芳草一个人去吃了之前她带陆长亭吃过的所有美食，今天去吃一样，明天去吃一样，吃到饱，吃到撑，只是任性了一些的话，那么，在这一天夜里，她就完全疯了一样，她控制不了自己，一个人悄悄地几乎把家里所有能吃的和能喝的食物全都给吃了下去。

杨婉姝向来是一个很尽职的主妇，冰箱里的食物很满，梁芳草一样一样地吃下去，可她无论怎么吃，都不觉得自己会饱。一开始的时候，只是有点儿不舒服。后来，她一边觉得肚子剧痛，一边觉得自己很饿。

风雨声掩盖了她翻找食物的动静，她已经痛得倒在了地上，可是手还是忍不住想去够一个面包来吃。

最后大概是母女连心还是什么，杨婉姝一个噩梦醒来，听见窗外狂烈的风声，便想去看看小女儿是否记得关了窗户，走出门便看到了倒在客厅地上的梁芳草。

梁芳草昏迷紧急进入手术室的四个小时里，医生下了两次病危通知，内功深厚号称打遍佛山无敌手的梁克越着急得把医生办公室的椅子扶手都给捏碎了。

梁芳草患了暴食症，在几个小时里用食物把自己的胃撑破了，并且这一次已经引起了腹腔感染，不得不切除了部分坏死的胃与脾脏，才勉强保住了性命。

健康活泼的小女儿，忽然之间病重挣扎于死亡线上，梁克越几乎一夜之间两鬓微斑，杨婉姝的心脏受不了，一下子也倒了。

〈那一夜的风雨，是我人生中经历过的很普通的一场风雨。但是，却也是最可怕的一场台风。强烈的风雨竟然刮断了巷口那棵老榕树的一半。要知道，榕树是非常适合南方也是最不容易被台风摧残的树了。谁都想不到它竟然会被刮断了一半。就像，谁都不相信，那个健康活泼又可爱单纯的姑娘，会命悬一线一样。——林之沐〉

PIAOYANG
GUOHAI
LAI
KANNI

第九章

　　每一天，我都在明白你不会喜欢我了。可每一天，我都在更喜
欢你。

——梁芳草

1

梁芳草觉得自己睡了很长的觉，而且非常疲惫，好不容易睁开似沉石压着一般的眼皮，恍惚中好似看见二姐的脸。她意识还未完全清醒，以为是在梦中，眨了眨眼睛，然后，又看到了站在二姐身后的陆长亭。

陆长亭！

梁芳草想动一下，最终却因为清醒地感受到了身体里剧烈的创口疼痛而呻吟出声。她以为自己仍在梦境里，闭上眼睛等待疼痛过去。

"小妹醒了！"有人紧紧地抓住了她的手，"小妹。"

"我去叫医生。"有人按了铃，又开门跑了出去。

"小妹。我是陆长亭。你醒了吗？"是陆长亭的声音。可是，怎么可能，他们不是在美国吗？肚子真痛呀，是她又吃多了把胃吃出了问题了吧。真是丢人呀。

梁芳草迷迷糊糊地想着，只觉得又有人开门进来了，有人用手撑开她沉重的眼皮，又有强烈的光线照进了她的眼睛。她受了刺激呻吟了一声，那人放开了手，说："应该是醒了。你们和她说说话，看她是不是意识清醒。如果意识清醒，三天内不再发烧，就算脱离危险了。小姑娘还年轻，好好将养，会好起来的。"

"好的。谢谢医生。"这好像是大姐的声音，爸爸妈妈呢？梁芳草很努力地想自己睁开眼睛，但眼皮沉得厉害，她努力了好久，眼皮也只是动了动。幸好，声音听得见，她只听到一个很像二姐的声音在叫她："小妹，我是二姐。二姐回来了。别害怕。二姐陪着你。"二姐的声音很近，似就在她的耳边说着话，握着她手的那只手，也很像二姐的手。二姐的手，皮肤光滑柔软，手指细长，不像她的，运动多还不爱保养，有点儿粗糙。可二姐怎么会回来呢？难道她睡了很久，已经睡到了圣诞节了吗？

"小妹，醒醒。你再不醒，芳华要用眼泪把病房都给淹啦。"这是陆长亭的声音。就算不是，这声音也太像太像了。梁芳草拼了命似的聚集力气想睁开眼睛看一眼，就看一眼是不是陆长亭，可她的全身都像灌了铅一样沉，似每一个细胞里装的都是她无法负荷的沉重，只有肚子上的疼痛清晰地传来，她剧烈地呼吸起来，喘息的动作带动了伤口，于是，更强烈的疼痛几乎击垮了她。终于，她硬生生地被退了麻药的伤口痛醒了："痛……"

"小妹！哪儿痛？是伤口吗？还是别的地方也痛？"梁芳华一直坐在病床边拉着她的手，她在痛醒的瞬间手也忽然用力，所以梁芳华最早感受到了梁芳草的痛楚，"小妹？"

"二姐。"梁芳草听到了自己干涩得像沙砾划过木头的声音，小小地吓了一跳，眼睛也终于看清楚了。她刚才看到的听到的并不是梦，二姐就坐在她的面前，陆长亭就站在二姐的身后，他似又高了些，那双眸子，似幽蓝遥远的星空，又似宁静透彻的湖泊，美好得令人心折。

2

梁芳华几乎每天都会往家里打电话，台风夜后的早晨打电话回家却没有人接听，她心里不安，便打给了陆家。陆爷便把梁芳草病倒的事情说了，当时梁芳草还在手术。陆长亭见梁芳华心急如焚，便买了机票，两人各自向教授请了假一起回来了。两人在广州下了飞机，便直奔医院，到的时候，梁芳草还没有完全脱离危险——她在手术后二十四小时内没能醒过来，医生再次进行了详细的检查，但情况仍然不乐观。

别说梁芳华，梁家所有人，全都吓着了。杨婉姝直接被吓得晕倒了，随后在检查中发现，心脏出了些问题，虽然不大，但也不容忽视，最好尽快做手术。于是，梁家就分成了两拨——梁芳华守着梁芳草，梁克越守着杨婉姝，梁芳海呢，两头跑着也两头顾着。

　　梁芳草没想到自己这一病，居然还能提前见到陆长亭，一下便开心起来。到底是年轻，从昏睡中醒过来之后，又有大姐二姐的悉心照顾，陆长亭自也是时刻不离梁芳华身边，对梁芳草也极好。虽然梁芳草知道，陆长亭那些好，只是因为他像梁芳华一样把自己当成小妹，但那又怎样呢？

　　每一天，梁芳草都在明白，陆长亭不会喜欢自己了。可每一天，她都在更喜欢他。

　　既然挣脱不了，那就放任吧。

　　梁芳草是这样想的，所以，她格外珍惜能见到陆长亭的每一天、每一个小时、每一个瞬间。她努力地想把自己的脑子变成一部相机，将陆长亭扬起的嘴角，陆长亭微锁的浓眉，陆长亭温柔的蓝眸，陆长亭乌黑的短发，还有陆长亭完美的侧颜都记录进她的脑子底片里。她想收藏陆长亭的所有所有，她想把他珍藏在心里很久很久。

　　梁芳华只有两周的假期，即便是如此，回去也是要拼命努力才能跟得上功课的。梁芳草心里再不舍得，也没有撒娇哀求着让二姐再留几天，二姐留下，便是陆长亭留下，只是，这念头像暗暗长在角落里的种子，不能让任何人见到。

　　但幸好，二姐似是知道她的心思一样，在她病床边儿上搭了个行军床，日夜陪着她照顾她，她痛得哭的时候，抱着她安慰她。那张行军床很小，轻轻坐一下都吱呀作响，二姐一定睡得很不舒服。可在大姐要替换二姐，让二姐回家休息的时候，二姐怎么也不愿意，说，自己走的时候，梁芳草还不定能不能出院呢，想多陪陪。

二姐一直在医院里，陆长亭当然也在，早上很早就给她们送来早餐，晚上最后一个离开。梁芳草度过了手术后最艰难的一周之后，陆长亭更是成了跑腿儿的，梁芳草姐妹俩想吃什么，他全都包了，每天骑着单车在外面跑着，南方的烈日把他天生白皙的皮肤都晒得有点儿发红。

他自嘲说糟糕，为了买好吃的给破了相了。梁芳华便笑："破了相的我不要呀。"

梁芳草很想说一句，破了相的你不要我要。

可她怎么敢说？也只能跟着甜蜜相视而笑的人，也笑了笑。

3

梁芳草住院期间，最烦的人就是林之沐了。

林之沐也每天都出现，但他每次出现的时候，说的话就很不讨梁芳草喜欢。

"二姐，小草不能吃那个。那个含有××，会刺激到胃。"

"二姐，不能任由小草一直躺着不动，对伤口愈合不好。"

"这个不能吃。"

"好吃也只能吃一碗。"

"饿也先忍一会儿。"

"游戏不要玩太久。"

听听，这些话，哪一句是正确对待一个刚从死亡线上跑回来的病号的态度？梁芳草一看到林之沐就很恼火，可偏偏连医生都说林之沐说得对，所以，大姐、二姐、陆长亭甚至最疼爱她的爸爸，也态度一致地管着她了。

"林之沐，你明天别来了。我都快好了很快就可以出院了。而且我二姐和陆长亭明天就走了。"梁芳草只差没把我不想见到你我很不待见你这样的话说出口了。

"我只是来送饭的。"林之沐淡淡地说，将手上的食盒递给梁芳华，很自然地找了一张椅子，坐在了窗边。十七岁的他个头只比陆长亭稍微矮那么一点儿，细长的凤眼与陆长亭深邃的蓝眸不同，明明是黑色的眸子，那光芒却似乎更冷淡。

梁芳草白了林之沐一眼，却很快被打开的食盒吸引了注意力："今天季姨做了什么好吃的？"

听到她的话，林之沐眼底似乎闪过了一抹笑意："我要是不来，这样的营养餐你可就吃不上了。"

杨婉姝的详细检查结果出来了，心脏边儿上长了一颗小肿瘤，还不知道是良性还是恶性，但之前的体检没有发现，说明肿瘤正快速生长，医生还是建议尽快去广州做手术。杨婉姝本来想等梁芳草好些了再说，但梁克越和梁家几姐妹都不肯让她再拖，正好梁芳华回来这十来天也可以照顾梁芳草，于是杨婉姝便去了广州做手术。梁克越自然是跟着去了。梁芳海在广州佛山两地跑着，虽然疲惫，但克尽长女与长姐的责任。

梁家一下倒下两个人住院了，平时交好的邻居们都来看望了。季小笋更是一力承担下了给病人做营养餐的事儿，每日三餐做好，让林之沐给送到医院里来给梁芳草。

梁芳草即使在没有生病之前，也是个吃货。她想吃的好吃的东西虽然陆长亭能去给她买，但那些东西好吃，她却不能吃。她能吃的营养餐医院附近都有，就是味道堪忧。当然，作为做电视专题的美食家季小笋做的营养餐就不一样了，不管是花样还是味道，都很对梁芳草的胃口。想到如果林之沐不再送饭来，二姐明天又走了，她自己一个人要吃医院食堂里的饭，而她又不能控制自己，总是不由自主地把能吃的食物全都吃下去，她想到自己会吃下那么多不好吃的东西，还真是觉得内心忧伤。

"之沐呀，我明天就走了，小草还有几天才能出院，就拜托你啦。"梁芳华一样一样地将精致好看又好吃的饭菜摆在了梁芳草床上的小餐桌上，摆好后，她看着林之沐笑了一下嘱咐了一句，她总感觉林之沐对谁好像都没有对她小妹这么有耐心。

4

　　林之沐看了一眼梁芳草，才对梁芳华"嗯"了一声："二姐，我会的。明天就不送你们了。"

　　"不用送。因为是早上的飞机，我们会走得特别早。我爸会送我们。你给小妹送饭来就行。"陆长亭刚刚交了作业关掉了笔记本电脑。他修了两个专业，所以比梁芳华要忙很多。回去后要补之前两周两个专业的课，自然也不轻松。梁家这种情况，陆长亭怕梁芳华不放心，他本来想再请几天假，但是梁芳华没有答应。梁克越与杨婉姝那边的检查结果也出来了，手术很成功，肿瘤也是良性的，现在恢复得也很好，以后只要定时检查，就不会有什么事了。于是也一直催着梁芳华和陆长亭按着原计划要走了。两人也就按着原计划要走了。

　　梁芳草心里当然是不舍得的。所以，她耳朵听着二姐和陆长亭与林之沐聊着要走的事，嘴巴就用来大口大口地吃饭。季姨做的饭，虽然是清淡的营养餐，但向来美味。今天不知道怎么的，她有些吃不出味道来。可越是吃不出味道来，她就越想多吃，万一吃着吃着就觉得好吃了呢？而且她的胃虽然被切掉了一块，可是，她就是不容易觉得饱，总是想吃很多很多。这几天，她已经开始去看心理医生了，也在使用一些阻断食欲的相关药物，但是，那真的没什么用，她还是想吃很多。

　　"小草，别吃了。"林之沐一直是盯着梁芳草的，他心里很清楚她的问题是什么，但他现在也无法从根源上帮她解决问题，只能盯着她制止她继续过度地吃下去。

"对呀，小妹，你吃得太快了。等一会儿呀，等一会儿你就会感觉到饱了。"梁芳华伸手接过林之沐强行从梁芳草病床上端走的小餐桌，"剩下的是我们的了呀。"梁芳华说得轻松，看到才几句话的工夫，便被梁芳草解决了大半的饭菜，禁不住微微地琐起了柳眉，小妹的情况，看起来并没有好多少。

林之沐只看了梁芳华一眼，便知道她在想什么。等梁芳华收拾好食盒送他出门的时候，他低声说了句："二姐你放心吧，我会让小草好起来的。"

梁芳华闻言，抬头看了看这个越来越稳重清俊的少年，笑了："好，二姐相信你。"

大约是为了能让二姐放心地走，晚餐的时候，梁芳草很努力地压抑自己那种强烈地觉得饿、强烈地想吃东西的欲望。但她越压抑，便吃得越快，几乎三口两口便吃完了林之沐特意为她分好的那一份饭菜，然后，眼冒绿光地盯着陆长亭面前那份看。陆长亭比二姐心软，通常看到她说还饿，总会悄悄地给她一些。当然，她也在贪恋那些陆长亭温柔又无意的给予。

"是不是还觉得饿？"林之沐问这句话的时候，不紧不慢地打开他的背包，从里面掏出一个精致的小木盒出来，"我给你扎两针吧。"

"不要呀！"几乎在林之沐打开小木盒的瞬间，梁芳草便顾不得伤口的疼痛想从床上逃开去，"林之沐，你敢扎我试试！"

5

"你不是还觉得饿吗？扎两针你就不会觉得饿了。你的手掌上有两个掌管食欲的穴道。不会很痛的。"林之沐拿着小木盒，也没有打开，只是盯着梁芳草，似笑非笑淡淡地劝着她，"我在我身上试过，很有用。马上就不会觉得饿了。"

"不，不要！"梁芳草一听说要扎手，赶紧把两只手往被窝里藏，这一急之下，动作又粗鲁，居然一下子撞在了腹部的伤口上，痛得她"呀"的一声尖叫起来，"呀呀呀，痛痛痛！"

"小心些。"梁芳华几乎是第一时间就放下了筷子跑过去，掀开被子要察看她的伤口，"碰到哪儿了？我看看有没有事。"

"没事啦，没事啦。"梁芳草赶紧拉住了被子，林之沐站得很近，陆长亭也因为她的尖叫走了过来，她不想让男生们看自己肚子上的伤口，因为看伤口是要把病号服撩起来的……

"碰得重吗？"林之沐也不放心，梁芳草那手劲向来是不知道轻重的，对自己也不例外，她又向来怕打针，就怕她手重了。

"二姐，我和长亭哥回避一下，你给她看看，有没有崩裂什么的。"林之沐说着，就拉着陆长亭走出了病房。

梁芳草刚才确实一只手狠狠地打在了自己的伤口上，这会儿是痛得眼泪都出来了："呜呜，好痛。二姐，真的好痛！"

"痛还不知道轻些，居然连自己都打。"梁芳华看妹妹欲哭无泪的样子，也心疼得很。她掀开被子和病号服，小心地察看梁芳草的伤口，幸好，只是看起来有一点儿红，并没有崩裂。她将衣服和被子都小心翼翼地给小妹盖好，伸手给小妹抹了一下痛出来的泪珠，"看起来没事儿，好点儿了吗？"

"痛。"梁芳草本来不想掉眼泪的，可不知道为什么，她鼻子一酸，便借着痛的名义，呜呜地哭了起来。这些天以来，她一直都忍得很好。可二姐和陆长亭对她越好，她心里便越难受。她有什么好呢？长得不好看，又不聪明，有时候也很自私，还经常这样拖累家人，二姐从美国回来，就一直在医院里照顾她，十来天，就回家收拾了一点儿东西，总共才两三个小时，剩下的十几天，都在那张吱吱呀呀的行军床上将就着，每天给她端屎倒尿，扶她做复健，伺候她吃喝，给她洗脸刷牙擦洗身体，就好像照顾她是理所应当的事情一样。可是，若不是她越来越贪心，又怎么会得了这个怎么吃也吃不饱的暴食症？若不是她自私，又怎么会想自暴自弃去博取他们的关注？

"好了，好了，二姐知道。忍一忍，再忍一忍就好了。要不我去叫医生来检查一下吧，看有没有伤到里面？缝了好几层呢，会不会是里面的伤到了？"梁芳华见小妹哭得厉害，一下子也慌张起来，"别哭，二姐去叫医生。”

6

"不要。"梁芳草抽抽咽咽抓住了梁芳华要摁呼叫铃的手，瘪着嘴抹眼泪，"我没那么痛了，我不要扎针。"

梁芳草说完这句，门外的人似乎心有灵犀一样轻轻敲门："二姐，严重吗？要不要我去叫医生过来看看？"

"没事。进来吧。"梁芳华看着从小怕打针怕得要命的小妹，有些难过又有些好笑，"你对之沐说你饱了不饿了，不就不用扎针了？"

"可是我……""还饿"两个字，梁芳草在看到林之沐手里的小木盒子后，硬生生地吞了回去，然后变成了，"林之沐，我刚才痛得不饿了。我才不要扎针。"

"是吗？"林之沐把手里的木盒子轻轻地放在病床旁边的桌子，淡淡地看着梁芳草，"那就不扎了。你要刷牙吗？"

"不要。"梁芳草瞪着林之沐，她总觉得林之沐虽然和她一般年纪，可他大自己的那几个月，就像是大她几十年一样，总是老谋深算得很，居然还想出了用针扎她不让她吃东西这样的方法来，真是太可怕了。

"除了扎针，刷牙也能让你感觉没那么饿。"林之沐说着，就走到卫生间去，把梁芳草的口杯和牙刷都拿了出来，还拿着装漱口水的盆子。

"好吧。"口杯都装好了水，牙刷也挤好了牙膏递到了她的面前，林之沐还捧着水盆站着等着，梁芳草觉得自己这时候要是还拒绝，真是太作了。于是，她一边狠劲儿地刷牙，一边看二姐和陆长亭继续吃饭，心里想着，呀，那个肉沫蛋羹味道很好呀，好想吃。呀，那个蒜泥拌菜心也好吃呀，好想吃，还有那个清蒸排骨呀，为什么她的碗里只有排骨汤，一定是林之沐说她还不能吃硬食，所以让季姨只给二姐和陆长亭做，呜呜呜呜，好想吃。还有那个是什么？呀呀呀，明明是季姨做得超好吃的锅包肉呀！为什么她的饭里竟然没有这道菜！一定是林之沐！

到最后，梁芳草已经不再盯着陆长亭和梁芳华的饭菜看了，而是狠狠地盯着林之沐，那眼神似小刀一般，一下一下地向林之沐刺过去。

"林之沐，明天我二姐走了之后，你不会虐待我吧？"

"是个好主意。"林之沐接过她的口杯，递给她毛巾，像个很称职的护理员，"不过我虐待你有什么好处呢？"

"不知道，也许是因为你高兴？"梁芳草哼了一声，觉得林之沐越来越讨厌了。

"嗯，是个好理由。我会考虑的。"林之沐接过她擦完嘴的毛巾去了卫生间，里面传来了水声，大概在帮她清洗毛巾杯子牙刷。梁芳草没什么感觉，陆长亭却敏锐地察觉到了什么，他对梁芳华使了个眼色，笑着用英文低声说："我好像闻到了爱情的味道。"

在医院这段时间里，因为天天都与来送饭的林之沐见面，梁芳华似也觉察到了一点儿什么，她看了一眼表情淡然心思却不容易猜透的林之沐，再看一眼还单纯到有点儿幼稚的小妹，心里也不知道应该高兴，还是应该担忧。小妹那个性，真是属于越单纯就越难打动的那种，但林之沐到底是什么想法，梁芳华也猜不准。

7

梁芳华和陆长亭走的这一天，林之沐几乎是天蒙蒙亮的时候就到达了医院。饭盒里的早餐是他去洪兴楼买的，大清早的第一个顾客，买好之后就直接来了医院。

敲了门，听到梁芳草有些迷糊的声音，林之沐那颗吊着的心，才缓缓地落了下去。梁芳华来开门，她已经收拾好了，正要出发的样子："之沐好早呀。"

"二姐，我送你下楼吧。"林之沐看了一眼还躲在床上蒙着被子的身影，放下手里的食物，提起了梁芳华的行李箱，"长亭哥在来的路上了吧？"

"嗯，刚说到路口了。汉青伯伯开车送我们去机场。"陆长亭本来让她在这里等着的，但她看小妹还睡着，陆长亭上来了可能会吵到小妹，就打算自己下楼去，刚和小妹说了再见，小丫头还睡得有些迷糊呢，只胡乱应了她一声。

　　"那我们下楼吧。"林之沐提着梁芳华的大行李箱，说话的声音很轻。床上那个人是真的还在睡吗？若真还在睡，那就好了。

　　病房的门很轻地被人关上，病床上的梁芳草仍然一动不动，就像是真的还在熟睡一样，良久，一声难忍的抽咽从被子里闷闷地传了出来，一只手伸出了被子，狠狠地打了一下已经被眼泪打湿的枕头。

　　梁芳草知道的，如果自己早早醒过来，有说有笑地和二姐告别，那么二姐肯定会和她待到最后一刻，那么陆长亭肯定也会上楼来接二姐，那么，她肯定还能再多见陆长亭一面。

　　可是，再多见他一面，又如何呢？让他的眼底繁星闪耀的那个人仍然不会是她。她明白的。他对二姐的一心一意，把她隔成了一座孤岛，没有路，没有船，她知道，即使拼了命游到了他的身边，也不是他想见的那个人。

　　梁芳草哭泣着，没有察觉到病房门再次悄悄地打开了，林之沐轻轻地走了进来，轻轻地坐在了病床边的椅子上，一双素来淡然的凤眸看着用被子把自己包起来的她，眼神温柔又忧伤。

　　等梁芳草终于哭够了，觉得蒙在被子里闷得难受，一下子掀开被子喘气的时候，就看到了林之沐总是表情淡漠的脸："吓！林之沐，你为什么要在这里吓人！"

　　梁芳草大叫一声的时候，眼睛里还有半泡眼泪，因为手术失血而变得有些苍白的脸上，那细微的委屈仍然没有退去。

大约是手术后还在缓慢恢复，梁芳草全身都有一点点病弱的浮肿，这让她更显得肉乎乎的，全身上下好像都有点儿婴儿肥，含着半泡眼泪嚷嚷说自己被吓到的样子；看在林之沐眼里，也是没来由地可爱。林之沐淡淡地转开看她的眼神，起身走向卫生间："刷牙洗脸吧，蟹黄包要凉了。"

"蟹黄包？"梁芳草有点儿反应不过来，林之沐不是说不给她吃营养餐之外的食物吗？难道是季姨给她做了蟹黄包？！

林之沐已经把脸盆口杯都端出来了，看着梁芳草还有点儿呆愣的样子，到底没忍住眼底的笑意："洪兴楼的。今天早上的第一笼。但要刷牙洗脸了才能吃。"

"那你快点儿拿过来呀！"梁芳草眼底那半泡眼泪，不见了。

8

梁芳草本来需要在医院里住到开学之前的，因为梁芳海 9 月有一个重要的比赛，每天都需要训练，林之沐就自告奋勇地把白天照料梁芳草的事情给接了下来。梁芳草不知道为什么死活不同意："大姐！我要出院我要回家！我会在家里乖乖的！我不要每天和林之沐待在一起！"

她的反应太激烈，梁芳海愣了一下，才理解过来："哦，对，也是。你们都不是小孩子了。长大了，是不应该单独和男生待在一起。

不过这是医院里……"

"不要不要！我要回家！"梁芳草也不知道自己为什么那么排斥和林之沐单独待在一起，大概是因为怕他一言不合就把那个小盒子拿出来要给她扎针吧。

"大姐，要不去问一下医生吧，能不能回家休养。"林之沐不知道为什么好像也有点儿不好意思，他只想着照顾梁芳草，倒是忘记了他们都十七八岁快成年了，现在与梁芳华在的时候不同，病房里平时没有其他人，总要避讳些的，"回到家里，我和阿盛都可以过去看着她。"

"为什么要看着我呀！我又不是小孩子！"梁芳草瞪了林之沐一眼，心里忽然好生气，为什么明明是同年出生，他怎么就那么理所当然把自己当大人而把她当成小孩儿呢？

"对呀。你不是小孩子，所以你吃到把自己的肚子撑破。"林之沐淡淡地说了一句，梁芳草还没来得及反驳，就听到大姐一锤定音："就这么定了！小妹出院在家里休养，你和阿盛每天过来陪她，这样我可以把教练叫到家里来增加每天的训练时间。"

"大姐……"梁芳草的抗议没成功，因为梁芳海已经出门去找医生去了。林之沐在椅子上坐下，随手收拾病床边桌子上那些被梁芳草放得乱七八糟的漫画书和游戏机以及零食——他修长白皙的手指拎起那袋零食："谁给你买的？"

"哎呀那个呀……"梁芳草一下蒙了，那是她从陆长亭买给二姐的零食里特意顺过来藏在枕头底下的，昨晚她趁着林之沐走后大姐出去接电话，就吃了一下，结果忘记藏好了……

林之沐没再说话，只是眼睛盯着她，很"残酷"地把那袋零食扔进了垃圾桶里。梁芳草嘿嘿地笑："我只吃了一点点，真的只有一点点。而且我现在也没事呀，我的胃马上就会好起来了。"

"再发现一次，我就会认为你需要扎针控制一下吃零食的想法。"林之沐仍然淡淡地说着。梁芳草看着他，只觉得这个家伙实在是太可恶了，怎么小时候就没看出来他是这么一个坏出水儿的坏蛋呢。

在医院里住了大半个月，鬼门关上走了一遭之后，梁芳草算是捡回了一条小命回家了。进家门的时候，是梁芳海背着进去的，手术的伤口不小，关键是有内伤，所以虽然医生批准了出院，谁也没敢让她乱动。杨婉姝还需要在广州医院再住一周才能回家，得知小女儿已经出院回家了，想着大女儿还要训练准备比赛，心里也是急得很，但身体不允许，也只能忍着。

9

梁芳草半躺在自己床上，一边和二姐视频一边和爸爸妈妈通话："呀，回到家我觉得自己都好了。医院条件再好，也不是人待的地方呀。妈妈，你好点儿了吗？你也去问问医生，要是医生同意你出院，你也回来吧。回到家里会好得快一些的。"

"妈妈，你还是听医生的。医生说能出院就出，不能出就先住着，身体养好了才能回家呀。小妹太皮了，你得好好的才能照顾她呀。"视频那边的梁芳华一边擦干刚洗的头发一边和梁芳草唱对台戏，看到小妹的笑容，梁芳华稍微放心了一点儿了。她刚到美国，忙活了一天，才回到寓所就马上给家人打电话视频，不管是妈妈还是小妹，都让她放心不下。

"二姐。你再这样我就告状了呀。"梁芳草瞪着视频里的二姐，心里有微微的期盼，陆长亭会不会在二姐身后出现，和她打个招呼，给她一个笑容……

"你二姐为了照顾你从美国跑回来，你还告二姐的状……"杨婉妹嘴上批评着女儿，脸上却在笑。比起那个奄奄一息被下了病危通知的小女儿，现在这个会告状会撒娇的小女儿才是她的女儿呀。

"我没说二姐不好呀！是林之沐不好啦！"梁芳草一说到林之沐的名字，马上觉得心里有气，"他现在动不动就要给我扎针！他个黄六医生！怎么能随便就要给别人扎针呢！太过分了！而且他还一直带着他那盒针哦！我偷吃点儿零食就要拿出来扎我！太过分了！"

"你该。受了那么大的伤还不长记性！现在是吃零食的时候吗？"杨婉妹没打算偏帮女儿。

"之沐师从朱大夫，不会乱扎的。"梁克越竟也没帮着小女儿。

林之沐的医术如何，他是没有亲自试过，但是朱大夫是中华针灸大师，在佛山那可是千金难求一针的神手。他听过朱大夫夸林之沐，说林之沐资质聪慧，将来前途无量。再说了，林之沐那孩子从小便稳重，不至于随便就拿针扎他的女儿。

"可是爸爸，我最怕打针了。"梁芳草撅着嘴，超级委屈，"再怎么也不能用扎针吓我呀。"

"那也不能由着你把身体都吃出问题来了。"梁芳华也没帮着小妹，胃部被食物撑破造成感染不得不切除部分脾脏，天呀，她都不敢去想，如果那天晚上妈妈没有走出来，直到第二天早晨才发现的话，小妹会怎样。有这些后怕在，梁芳华又坚定了一下自己的决心，"小妹，我呀，决定转个专业。"学什么物理呀，学医才是正事儿，小妹得了暴食症她都不知道，妈妈心脏长了肿瘤也无能为力，她还是成为一名医生好一些，至少，在家人出事的时候，不会那么无助。

"呃？什么专业？"梁芳草注意力被瞬间转移了，二姐不会是想转到陆长亭学的那个专业去吧？难道，在同一个学校里每天都能见面还不够吗？

10

二姐说要考医学专业的时候，梁芳草愣了一下，心里一阵释然，却又一阵难过。二姐考虑的并不是要去和陆长亭一起，二姐考虑的是她，是妈妈，是家人。

为什么她会觉得心酸呢？梁芳草仔细地想了一下，大概是，她为自己那颗不肯死的心羞愧吧。

梁芳草在家养病的时候，林之沐每天都来，和何家盛一起。何家盛几乎不说话。林之沐也很难活泼起来，于是梁芳草就很郁闷。可是她还不能乱动，慢慢走着还行，跑起来伤口还是会痛。她又是那种手脚都没轻没重的，一动起来就记不住痛，即使有林之沐看顾着，也没少受罪。

手术创口好歹还是慢慢好了，可梁芳草能感觉得到，自己的身体，真的大不如以前了。还有就是，她对食物的渴望，似乎并没有因为手术缩减了胃部而变少。她总是想吃东西，无时无刻。

她很想忍住的，但是她忍不住，就像她明明知道不应该再继续喜欢陆长亭，可是她也根本无法控制自己一样。

后来梁芳草想，如果不是身边的每一个人都在林之沐的提醒下绷紧了神经看顾她，她大概在手术后不久，就会再次出事，甚至有可能出大事。

夜里她睡不着，翻遍了家里找到些吃的，偷偷抱回房间，打开门便看到大姐抱了枕头躺在她床上："小妹，今晚一起睡，晚上我好照顾你。"

她趁家人不在家，想偷偷溜出去，下楼就碰到了林之沐和何家盛：

"你要去哪儿？"

好不容易找着了机会，她终于跑到了门口的小超市，装了一大兜东西，结账的时候，老板娘说："是小草呀，你大姐二姐都来说过了呢，说你买吃的只能买一样。"

忍了一周，父母都从广州回来了，家里多了两个看着她的人，季姨与妈妈要好，经常过来帮忙做饭，也总嘱咐着："小草，要慢慢吃。好吃也不能吃太多。"

二姐真的在报考医学专业，每天都很忙，但总不会忘记每天打电话回来："小妹今天乖不乖？"她说自己当然乖。可二姐不放心，总是又仔细地给大姐和父母讲一些自己新发现的暴食症治疗案例。

陆长亭偶尔也会出现在摄像头那边，他总会揽着二姐的肩膀，或者就坐在二姐旁边，两人总是挨得很近，偶尔陆长亭还会情不自禁地亲吻二姐的头发，会夸她很美。

他们看起来，就是那种恩爱情侣最正常的样子，陆长亭高大帅气，二姐娇小柔美，两人的很多小动作都流露着对对方的在乎与溢出来的爱意。

梁芳草很想看，可她又总是目不转睛地盯着看了一会儿，就忍不住转开头假装要去做其他事情。

这种折磨，像调了蜜糖的砒霜，甜蜜而狠毒，明明知道会死，却又放弃不了。

　　其实，在他们没有走之前，梁芳草就一天一天地知道了。每次他们一起的时候，陆长亭看着梁芳华，梁芳草看着他。路很长。她知道陆长亭不会回头，也知道自己不会止步。

　　无可奈何的爱啊，大概就是这样吧。

　　〈台风天的半夜，那声救护车的声音竟能突兀地将我惊醒。那一刻还不知道那声音是因为她，只是禁不住地有一种从心底涌上来的后怕。她真的病了，病得很严重，病得生死一线。这傻姑娘，真是傻得让我心惊。——林之沐〉

PIAOYANG
GUOHAI
LAI
KANNI

第**十**章

　　我还喜欢你，似云朵追随风，永远飘移。我还喜欢你，似雨落长街，花瓣成泥。我还喜欢你，似花开到荼蘼，强忍悲喜。我还喜欢你，似星辰淡去，月落海底。我还喜欢你，似梨花落樱花散春去春来，未知归期。

——梁芳草

1

整个秋冬，梁芳草都生活得很压抑。家里父母看着，学校里林之沐他们看着，街上街坊邻居们看着，每一个人都轻声软语地劝，眼底带着怜惜，小心翼翼的，似怕她出什么事。

梁芳草能怎么办？只能忍着。

这种强行忍耐的焦虑是非常可怕的，梁芳草自己也想忍着，但是，大姐去比赛的那天，爸爸陪姐姐去比赛，妈妈和她一起去买菜，回来的时候，妈妈忘记买调料了，于是一个人拐回去买，梁芳草不想去，就一个人回家了。到了家，她没忍住，在厨房里找东西吃。

有了上次的教训，妈妈已经不敢再把那么多食物放在家里。冰箱里有些冻海参，还有一些冰块。梁芳草把那盒冰块咬着吃了。冰箱的上层有四个苹果两根苦瓜，她也直接给吃了。旁边还有昨晚吃了肉剩下的榴　壳，大概是妈妈留下来打算炖鸡用的。榴　壳不能生吃吧，梁芳草这么想着，可还是过去拿起一块开始啃。

　　妈妈回来的时候，梁芳草在吐，吐着吐着，便喷出来一口血水，随后人也晕了过去。

　　万幸的是，这次倒是不用动手术，只是，她需要心理医生介入治疗，因为如果贪食好吃的食物可以算是吃货，可连不能吃的都硬吃，就是一种心瘾了。

　　医生办公室里，医生对于各种不可预料的后果都给说了，杨婉姝没扛住，一下就哭了起来。刚刚在广州完成比赛的梁芳海抱了抱妈妈："妈，别哭，小妹会好的。没事，我养小妹一辈子。"

　　族里的老人都说，梁芳草得的是饿死鬼附身的病，总建议梁克越去找巫师来驱邪。杨婉姝带着梁芳草去关公庙许了愿求了签，梁芳草看似好了许多。可总有闲话说，梁芳草得了个难缠的病，这辈子怕是嫁不出去了。别人的闲话，梁克越与梁芳海听得少些，可时常与姑婆们相处的杨婉姝便没那么幸运，所以心里总为小女儿的前程担忧着。

　　此时的梁芳海，大约是经历了小妹与妈妈同时生病，她比起一年前更加稳重老成了些。事业方面，也有了成就。去年和今年，一共已经拿了两次全国武术冠军，虽然家族里仍重男轻女，但时代开放了些，都说不是人人都能拿全国冠军，所以她开始受族人们尊敬。她知道难堵别人的嘴，却也只能努力用成绩来证明给妈妈看，自己有能力照顾小妹。

　　听大女儿这么安慰自己，杨婉姝看着她，又宽慰，又心酸。女儿明明也生得浓眉大眼，好好打扮，也是个标致姑娘。可却天天要在武场和一堆男人拳脚相向，想到她的终身大事，杨婉姝也是忧心。

这一次疏忽之后，梁芳草被看顾得更紧了，配合心理医生的介入治疗之后，梁克越还同意加上了林之沐的针灸。在每餐饭后，由林之沐给梁芳草扎上两针，让她不再感觉到饿。

第一天的时候，梁芳草鬼哭狼嚎着满院子逃跑，可最后还是被大姐三下两下给抓了过去，那两枚银针扎下去的时候，梁芳草暗暗立下誓言，这辈子她是不打算和林之沐和好了。

2

晚上和二姐视频的时候，梁芳草就对着摄像头一个劲地骂林之沐心狠手辣，骂得梁芳华和陆长亭都在那边笑，说她和林之沐是欢喜冤家。

谁要和林之沐做欢喜冤家呢？仇家还差不多。

不过，林之沐那两针还真是管用，她好像真的感觉没那么饿了。不再觉得饿得眼冒绿光之后，去看心理医生时，梁芳草留了些心眼，她避开了所有与陆长亭有关的话题。

她怎么会不知道自己为什么病？一开始不过是因为爱而不得。后来，这不得就变成了身体里看不见的洞。她总是想拿食物去填补，结果不知道怎么的，就变成现在这样了。

她戒不了陆长亭，又怎么戒得了唯一能给予她安慰的食欲？

大半年的养病，内心的压抑，与脆弱的胃，终于把梁芳草从一个壮硕的姑娘病成了一个纤瘦少女。

虽然偶尔因为不舒服而请假，但梁芳草每天都是上学的。二姐和陆长亭都不在补习学校了，她也就不再去补习了。她贪玩，心思又重，成绩自然不算太好，但有林之沐督促着，勉强也能保持中上。

有个习惯她坚持了下来，背单词，听英文广播。不为其他，只想着，在与二姐和陆长亭视频的时候，能够听得懂他们偶尔的英文对话在说什么。更暗暗地期盼着，在再次见到了已经恢复了全英文生活的陆长亭时，不能再像以前一样屄。

陆长亭送的单反成了梁芳草最大的宝贝，她所有东西都丢三落四顾不好，只有那个单反相机她保护得好好的，有次不小心摔了一下，镜头坏了，急得一路哭回家。大姐答应给她修，后来拜托林之沐拿去修了，修回来的时候，像新的一样，她才又重新开心起来。

身体好了些之后，梁芳草便学着像陆长亭以前那般，没事就背着相机往外跑，大多数时候都是林之沐与何家盛陪着，他们站在一旁，看她拍花拍草拍树拍云朵拍路上经过的人。

梁芳草拍出来的照片，很少给别人看。

她不敢给别人看，因为那些拍出来的照片里，虽然没有一个人是陆长亭。但是，总有某一个人，理着陆长亭的发型，有着陆长亭眼睛的颜色，或者有着与陆长亭相似的侧颜抑或背影，甚至是穿了一件她见过的陆长亭穿过的同款衬衣。

她经常去陆家借用陆长亭留下的那个暗房，素来粗手粗脚总是弄坏东西的她，竟然学会了自己冲洗照片，还陆陆续续地给暗房里添了不少设备。

大家都问过她，小草你整天躲在暗房里鼓捣什么呀，给我们看看。

她自然不肯给。偶尔，会给大家看一眼她拍的花草。她是有些天分的，拍得很美。但还有很多很多的照片，她藏得好好的，谁也不给看。

那些是会让她想起陆长亭的照片。

她不敢让任何人知道，她一直还在偷偷地想念他，虽然很明白这毫无意义。那个偷偷地喜欢着一个不能喜欢的人的心事，躲得过对酒当歌的夜，躲不过四下无人的街。

3

日子似乎过得特别慢，慢得像每一分钟都是慢动作一样，这朵花昨天没开，今天也仍然还没有开。它什么时候会开呢？也许明天吧。也许后天。

但是，时间似乎也过得特别快，梁芳草又一次站在桃花节的人群中的时候，忽然才想起，从她拍下陆长亭与二姐在盛开的桃花树下悄悄拉手的那一张照片那天到现在，两年的时光居然似白驹过隙般不见了。她病了很重的一场，差点儿连命都丢了。她挣扎了很久，想要忘记陆长亭。可他就像一个扎在她心里的死结，她越挣扎，反而被捆得越结实。

她就快要有点儿透不过气来了。

　　"芳海，喝点儿水。"何家兴气喘吁吁地跑过来，怀里抱着几瓶水，他开车带大家来的，去停车的时候，顺便给大家带了水过来。不知道是不是因为跑过来的关系，他耳下有点儿微微的粉红，他递水给梁芳海的时候，把一根红绳也递给了她："那边有月老在发红绳，给你一根。"

　　"要这玩意儿干吗？"梁芳海倒也没丢掉，只是接过之后，随手放进了兜里。站在梁芳草旁边的林之沐接过了两瓶水，帮梁芳草拿着她的，眼尾不经意地扫了一眼何家兴半藏在袖子里的红绳，之后才又把眼神放回了正在专心调镜头的梁芳草身上。

　　梁芳草正在调焦，脖子微微扬起，下巴与脖子之间的线条很美。夏天的时候因为生病不再每天跑出去晒太阳，之后又需要一直养病被家人看管在家里，她猫了一冬，十几年来看起来都是浅小麦色的肤色竟然由里到外显得白皙起来。梁家就算是天天练武的梁克越和梁芳海，也并不是特别黑的肤色，大概梁芳草以前肤色不显白也并不是遗传，而是她活泼好动比父亲大姐晒的太阳还多，所以才有了那样浅麦色的肤色。

　　这大病一场后，梁芳草不但白了，还瘦了，而且瘦得特别明显。比陆长亭走之前那个夏天还要瘦一些，就好像是她身上那些婴儿肥忽然之间全然退去，两颊上的肉肉忽然就不见了，下巴一下子就像被什么削尖了一般，原本就并不小的眼睛忽然之间显得大了许多。大概是因为胃部被切除了一部分营养吸收不太好的关系，小巧的唇没什么血色，更让她没来由地显出一种纤弱可怜的气质来。

几乎所有人都对她说："哎哟，芳草这一病，怎么竟然病成小美女了？"又或者说："天咧，梁芳草，你不是生病了，你是整容去了吧？"

那么多的人里，连何家盛都说过一句"芳草好看"，唯独林之沐，对梁芳草变化很大的外貌，没有发表过任何一个字的评价。

梁芳草也曾有点儿小奇怪，问林之沐："喂，林之沐，我是不是变好看了？"

梁芳草是满怀期待地问的，林之沐只淡淡地看了她一眼，淡淡地回答了一句："有什么用吗？能帮你把明天的考试考好？"

梁芳草差点儿没气得吐血，从此她再也不想关注自己是不是变好看的问题了。是呀，那又怎样？能让她考试好得很好吗？能让视频那边的陆长亭多看她一眼吗？

明显不可能呀。

4

变瘦变好看之后，梁芳草还真的作过几次妖，穿着新买的裙子和二姐视频，问她好看不好看。

可陆长亭甚至都没有发现她变瘦了。梁芳草嚷嚷着对二姐说她又换了一批小码的衣服的时候，二姐在恭喜她瘦了漂亮了，陆长亭却在关心二姐晚餐的时候吃得少问她此刻饿不饿。

绝望一点一点地扑了上来，虽然小，但密密麻麻地累积着，也许终有一天巍峨成山，或者压得她窒息而死，或者让她再也没有翻越的勇气。

这一年的桃花节，梁芳草有所收获。她的一张在桃花节上拍的照片获奖了。拍的是一枝桃花上轻轻挂着的一对月老红绳。她本来是只想拍那枝桃花的，林之沐却让她等一下，走过去，往树枝上挂了一对他不知道从什么地方弄来的月老红绳，红绳结得很别致，那流苏在粉色的花中轻轻扬起，有一种很缠绵的弧度。梁芳草将那鲜活的美用光影给捕捉了下来。

那确实是一张很美的照片，都是静物，却像活的一样。没有任何人入镜，却像有故事一般。是一等奖，奖金三千元。

梁芳草很得意地请大家去吃洪兴楼的早茶，请了陆爷一家，何家盛一家，还有林家和黄家。而且都是梁芳草一时高兴自己兴冲冲地亲自去请的，还叮嘱一定要来呀一定要来呀。各家长辈都喜欢她，哪有不去的道理？

梁芳草请的客人浩浩荡荡地坐了三大桌，大家都吃得特别开心，大人们还约了下午的麻将。梁芳草自然也高兴，当然，她也没忘记自己要请客的事情。快收尾的时候，她悄悄地起来要去结账，结果一看账单傻眼了：怎么吃了她三千块奖金的一半呢？这……也太贵了吧？而且她嚷嚷着请客的时候，其实只是得知了获奖的消息，还没有拿到奖金……

"给我吧。"林之沐修长的手指伸过来，一下就把账单给扯走了，"是谁刚才说金牌蟹黄包随便点来着？"她不但说随便点，还亲自给每个人都点了一笼。洪兴楼的金牌蟹黄包向来不便宜，她这样的点法，不花光她那点儿奖金算是大家点其他小食的时候都顾虑着她的小荷包了。

"林之沐……"梁芳草想生气又觉得没脸，她兜里也就她的全部积蓄六百多块钱，她哪里知道会花这么多？

"算我借给你。以后我有求于你的时候，希望你也能帮我。"林之沐掏出卡交给收银员，嘴上却不知道是认真还是玩笑地提要求。

"好啦，好啦，知道啦！"见林之沐掏出银行卡，梁芳草原本愁成一团的脸顿时笑开了，"以后不管你求我什么，我一定尽力帮你。说到做到。"

梁芳草回答得很轻松，从小到大，她好像答应过林之沐不少这样的要求，但是林之沐这个人呢，向来是厉害得很的，从来没有过要她帮忙的地方，别说是她了，就是别人，或者是大人们，都没见过他有需要什么帮忙的地方。所以，梁芳草每次这样答应他的时候，都很不走心，就像知道借钱不用还一样的毫无责任感。而林之沐看起来也真的像是随口说说而并不是真的需要她还的样子。

5

"然后呢？又是之沐帮你付了账？"梁芳华一边整理着手头的文

件与资料一边与梁芳草视频，问这句话的时候，她的嘴角扬起，看了眼正在啃苹果的小妹，只见小妹用力地点头："对呀，反正他有钱。"

"你就没想过，他为什么愿意给你花钱？"梁芳华决定提醒一下天真单纯的小妹，并不是每一个有钱的男人都会主动地愿意给女生花钱。

"除了我他也没别的朋友呀，我们帮他花钱他是不是应该感谢我们呀，哈哈哈！"很显然，梁芳草比梁芳华想象的还要更没心没肺。而对于梁芳草来说，她唯一的那点儿心思与心机，都已经竭尽全力地用在了掩饰她喜欢陆长亭这件事情上，哪里还有心思去思考其他？

"亲爱的。你花我的钱我会很高兴。"同样在忙自己的事情的陆长亭经过，低头亲了一下梁芳华的发顶，顺便对被强行喂了一口甜到有毒的狗粮的梁芳草打了个招呼，"嗨，小妹。"

陆长亭已经很久很久没再叫过她的名字了。他跟梁芳华在一起之后，就开始跟着梁芳华叫她小妹，越叫越顺口，似乎，真的已经完全把她当成自己的小妹了。

梁芳草想过抗议一下的，但是，最后也只剩下了无可奈何的怯懦，她有什么抗议的资格呢？哦，你必须叫我的名字。好。然后，陆长亭叫她的名字，但那又能改变什么呢？

"小妹，之沐来了。"大姐梁芳海在楼下喊她。

梁芳草看了一眼时间，该去补习班了，她匆忙关了视频下楼。进入高三之后，林之沐将她的学习生活安排得特别满，而且总是与她同步进行，她想偷懒，好像都找不着什么机会。

不知道是家人与林之沐看得太紧，还是因为林之沐的针灸真的起了作用，梁芳草内心对食物的渴望好了很多。有时候明明是真的很想很想放纵，但一来找不着可以乱吃的东西，二来怕林之沐知道后用针扎她，她还真硬生生地忍了下去。

"今天有测试。如果成绩好的话，下课后我带你去夜市。"看她从楼梯上快步走下来，去年夏天之前那个走一步楼梯都会咚咚咚震动的敦实少女现在变成了一个小瘦子，林之沐的心里不由自主地紧了一下。一米六二的少女，这一年来，一点也没有长，大概也不会再长高了。林之沐不知道自己这一年是怎么过来的，每天都怕她会乱吃，又怕她营养不良。总害怕她难以承受内心的酸楚，又总心疼她装作若无其事地笑，很想揽她入怀好好安慰，但是，却知道他能做到的其实又很少。

"请我去夜市？"梁芳草有一点儿不相信，一双乌黑的眸子转了转，看了一眼天，"今天没出来几个太阳呀，林之沐怎么变了这么多？"

"不想去就不去。"林之沐别开脸往外走，很傲骄地不想理她的样子。

"去，当然要去呀！"梁芳草赶紧跟了上去，"夜市好吃的那么多，是不是我想吃什么都可以？我保证我不吃多！我就尝尝！"

"嗯。"林之沐只答了一个字，谁也没注意面色清凉的少年，那双凤眸里闪过了一抹笑意。

6

梁芳草以为，去吃夜市一定还是像以前那样，叫上何家盛和黄静澜，甚至是大姐和何家兴，一行人浩浩荡荡地去吃吃喝喝，有可能还会因为高兴，林之沐会允许她喝一点儿冰啤酒什么的。但她跟着林之沐到了夜市门口才发现，就只有她和林之沐两个人！

"只有我们两个人？"梁芳草问这个问题的原因绝对与那些什么个孤男寡女没有什么关系，她想的是，只有两个人，林之沐肯定不会让她点很多样的食物，到时候岂不是就馋不到陆长亭了？本来她刚才在课间休息的时候，已经对陆长亭说了，今天她会去夜市，而且会以微博直播吃了什么来馋他。她说得绘声绘色，陆长亭一边听教授讲课一边还顾着给她回复流口水的表情。她又承诺了看看有什么可以真空包装保质得比较久的小吃，想买了寄给陆长亭和二姐，可其他人不在，她好像有点儿不好开口呀。

"其他人没有空。"其实他根本没打算通知其他人。梁芳草变得越来越让他难以移开目光，他开始变得有点儿自私了。自私得想多要一些与她单独相处的时光。也许正是因为她的心对自己毫无所觉，所以，他心安理得地原谅了自己的小自私，"想吃什么？"

"真的想吃什么都可以？"梁芳草上下看了林之沐一眼，一米八三的少年高高瘦瘦，肤色白净凤眸如水，背着他自己的书包，手里还提着她的书包，看起来学生气十足，却又有一种少年不应该有的沉稳与内敛。大概是因为他出色的容貌，有几个经过的小妹都偷偷地回头看他，而他似根本没感应到那些目光一样，看似淡漠地扫了人流两边的美食摊位一眼："都可以，但不能多吃。"

"买回家去也可以？"梁芳草贪心地又问了一句，黑眸因为兴奋而闪着微光。

"给叔叔阿姨还有大姐带可以，要是想买给二姐和陆长亭，你说买什么，我帮你寄过去。"林之沐淡淡地回答，没有明说他害怕买了太多东西给梁芳草之后，她会忍不住一个人吃完那些东西吃到自己再次生病。他只是淡淡地说出他应该做的他能做的事情，他似乎在顾虑梁芳草的感受，但似乎又有着不容置疑的霸道。他越来越像一个大家长，他似乎包揽了所有梁芳华和陆长亭在的时候为梁芳草做的事情，比如陪她上补习班，比如在她出门的时候跟着她，比如管着她看顾着她。梁芳草觉得，除了没有进她的房间里帮她收拾房间叠衣服，林之沐具备了二姐在的时候的所有功能，甚至更多，比如，她在暗房里做事的时候，林之沐偶尔会去和她一起。也不知道他是不是也喜欢摄影，他帮忙处理的照片，总让梁芳草有不同的惊喜。

梁芳草知道，这应该算是自己的幸运。她有很好的家人，有很好的姐姐，也有很好的朋友与伙伴。

但是，是否就因为她已经拥有了这样的完美，所以命运安排了她人生的缺陷呢？比如，喜欢上一个不能喜欢的人，她很努力很努力地挣扎，却仍然逃不出心的桎梏。

7

那个春天过得飞快，似乎桃花节之后没几天，佛山小城就闪电般入了夏。梁家又严阵以待起来，家里的两个女儿，大女儿要参加全国青年武术锦标赛，小女儿要参加高考，都是一等一不能忽视的要事大事。梁家的厨房里变着花样炖汤炒菜，就怕两个女儿吃不好。和往年不同的是，今年梁克越成了主厨，倒是妻子成了打下手的。

杨婉姝手术很成功恢复得也不错，但梁克越担心妻子的身体，每日都督促着进行适当的锻炼，这将近一年来，她已经基本恢复健康了。但就算是这样，梁克越也没敢让妻子独自一人为家务操劳，武馆的事情大部分都交给了大女儿，他抽出了很多时间陪妻子逛菜市以及在家做饭打扫，往日的大男子主义变成了半个家庭主夫，老兄弟们打趣他，他摇头蔑视对方："你们呀，现在老婆健健康康的就觉得不珍惜，不知足呀。"街坊们嘴上打趣着，心里却也暗暗赞叹梁家夫妇的恩爱。

梁芳海为人稳重又身体健康，梁家二老倒也不是特别担心，要担心也是怕她好胜心太强，若是比赛名次不佳怕她接受不了。

但小女儿梁芳草，就当真是让梁家夫妇操碎了心。她做了胃部手术，加上脾脏功能也受了影响，肠胃吸收不太好，这一年来精心照顾着，可身高是一点儿也没有长，不长也就算了，那小脸小身板儿还一天一点地瘦了下去，眼见着手术前买的那些衣服一件一件都成了空荡荡的大号，身后背的那个书包也因为她一天比一天瘦而显得一天比一天大而沉重，梁克越和杨婉姝心里是又心痛又焦急。可她一直喜欢吃一直不停地吃吧，又忍不住地担心害怕，担心她那个什么暴食症是不是还没有好，害怕她会像那个惊魂台风夜一样倒在了他们面前命悬一线。

梁克越夫妻俩都将希望寄托在林之沐身上，梁芳草忍不住想乱吃的时候，林之沐的针灸很有用。梁芳草身体弱了营养跟不上，也是林之沐的师父开了方子，一点一点地调理着。林之沐与梁芳草同班，梁芳草在学校里去哪儿吃了什么，林之沐都看顾着，梁克越夫妇算是稍稍安心了些。如此一来，便真把林之沐当儿子对待一般了，只要是送梁芳草回家的时候，梁家夫妻都是一定要留下林之沐来吃饭的，为此没少惹家庭观念比较重的林家老爷子生气：之沐是我们林家的孙子，没想到这么快就被梁家的姑娘给拐走了！

林家老爷子林元行在早茶时向老伙计抱怨这话，有人传到了梁克越耳朵里，梁克越还专门提了酒肉去向林老爷子赔礼。一顿酒喝下来，都是邻居旧识，哪里又会真的计较？林之沐和梁芳草读着高中，也不过是才十七八岁的孩子，谁能想得到那无意中说出的气话，到后来成了真事呢？

8

学校里，关于林之沐喜欢自己所以特别照顾自己之类的闲话，梁芳草倒是也听过那么一句两句的。她倒也没放在心上，从小到大一起玩的小伙伴，像兄弟姐妹，比一般同学亲近些，不是应该吗？

但两人毕竟都不是小孩子了，每天一起上学一起放学，连周末都要一起去补习班，放假时也经常出双入对，林之沐的手上不是提着给梁芳草的吃食就是提着梁芳草的书包，加上林之沐又长得那样出色，真是不引人注意都有些难。

这天周末，林之沐和何家盛正在等梁芳草收拾书包，黄静澜跑了过来，"啪"的一声把一叠粉色信封以及礼物包装盒放了林之沐面前的桌面上："喂，几乎全校的女生都在向我打听你俩是不是在谈恋爱，你们就给个准信儿吧，要是是，我这邮差就把这些信儿都给退回去，要是不是，林之沐你就把信给收了回去慢慢读，然后进行皇帝选妃吧。"

林之沐挑了挑眉，没说话。原本安静地看窗外的何家盛也看了过来。梁芳草放下手中收拾了一半的书包凑近："哇，好多情书呀！都是写给谁的？我看看。林之沐。林之沐。林之沐。还是林之沐！吓！林之沐，我们学校竟然有这么多女生喜欢你！"

"林之沐是我们的校草呀。自然很多女生喜欢呀。"黄静澜忽然停顿一下，扯了一下梁芳草半长不短的头发，"所以你呢，你是不是在和林之沐恋爱？天天出双入对的，林之沐又不太理别的女生，搞得大家都来问我真相。"

"你才和林之沐谈恋爱呢！"梁芳草反手拍开黄静澜的手，"你是打游戏打傻了吗？我和林之沐怎么可能谈恋爱？你会和自己的兄弟谈恋爱吗我问你！神经！"

　　梁芳草真是觉得这个问题挺好笑，骂黄静澜的时候都在笑，然后林之沐的目光便寒了几分，看都没看桌面上那些信封礼物一眼，人转身就向教室门口走去："哪儿来的还哪儿去。我今天有事就先走了。你送小草回家。记住，不要让她乱吃零食。"

　　"呀？什么情况？为什么要我送……喂，林之沐！"黄静澜看着林之沐的背影愣了半天，敢情他这还是好心做了坏事了？话说送情书的几个学妹真的长得很不错哎，比起梁芳草，哎，脸比梁芳草好看，最要紧的是性格也比梁芳草温柔很多好不好？

　　"所以说呀，林之沐连零食都不让我吃。你说，我为什么要和他谈恋爱？"梁芳草用生无可恋的表情拍了拍黄静澜的肩膀，"走吧，去我家。我爸妈今天一定又做了好吃的。"

　　"今天梁伯父做饭吗？"黄静澜也兴奋起来，梁芳草的妈妈做饭已经够好吃的了，没想到梁伯父做的饭更好吃，这简直让有一对厨渣父母的黄静澜感觉到前路有光呀。外公居然还觉得林之沐在梁家吃饭亏了，哪里亏了？简直是赚到了好不好？

　　"对呀。最近都是我爸做的饭。"梁芳草要背起书包，不知道什么时候已经走近过来的何家盛却伸手将她的书包接了过去，梁芳草踮起脚，像逗小孩儿一样摸了摸比她高近两个头的何家盛的头，"阿盛真好。走，你也去我家吃饭。"

9

梁芳草下意识地不去细想为何会有人说她和林之沐在恋爱这件事。她只有一颗小小的心，而这颗心的全部重量，都已经挂在了那个与她隔着遥远重洋的又心有所属的人身上，她再也没有多余的心分给别人了。哪怕是从小一起长大，对她非常非常了解的林之沐。

梁芳草知道自己的心态有点儿逃避。可是，她不就是靠着逃避才支撑到了今天的吗？她如果没有逃避自己的内心，她是如何一天又一天地在二姐与陆长亭的你侬我侬中活过来的？

逃避可耻，但是有用。

所以，梁芳草并不打算为此愧疚。

梁克越做的饭菜再好吃，也没能多留黄静澜多吃两天，显然对黄静澜来说，电竞比吃还要重要。所以，每天接送梁芳草的事情，还是重新回到了林之沐身上。

梁芳草发现林之沐的话比以前更少了。以前他偶尔还会给她解释一下为什么这个不能吃，为什么今天必须走这条路，为什么这张卷子不能不交，现在他基本上就是沉默地走在她的身边，帮她提着书包。她说要吃什么的时候，或者嚷嚷着饿的时候，只要不是饭点，林之沐通常只会给她一个拒绝的眼神，撑死摇一下头表示拒绝，再多就没有了。

梁芳草就更心安理得了：你说你说，这样一个林之沐，她为什么要喜欢他？他就算比起陆长亭来，有另一种好看，可是他完全比不上陆长亭的活泼与有趣呀，她和他完全没有共同话题呀，她怎么可能喜欢他？哦不，她怎么可能和他一起谈恋爱？

在这个夏天的第一场暴雨到来之前，高考像一辆早已经准备来袭的战车轰然而至。梁克越陪梁芳海去北京参赛的第二天，梁芳草走进了高考考场。

考试前去看考场那天，梁芳草是和林之沐一起去的。

考场和二姐梁芳华考的时候，是同一个。于是，那里的一草一木，一屋一角，便都有了与陆长亭有关的回忆。两年前的夏天，自己是怎样帮着陆长亭策划他的表白的？自己是怀着怎样的心情帮他拍下表白的过程的？

两年过去又怎样？她心里痛着脸上笑着撑过了七百三十天又怎样？

那一天的每一个瞬间，都还清晰地留在梁芳草的脑海里，留下的每一个伤口也都还在她的心里，并且鲜血淋漓不曾结痂。

"怎么了？"林之沐的声音在她耳边响起。随后，她模糊的视线中出现了他递过来的干净手帕，向来并没有带纸巾手帕习惯的她接过他给她的不知道第几张手帕，胡乱地擦掉了糊了一脸的眼泪，闷闷地说了一声："眼睛进沙子了。"

林之沐没有出声。窗外虽蝉鸣声声，却绿叶静止，这一丝风也没有的光景，哪儿来的沙尘？大约不过是往事从心里涌了出来，想忍都没有忍住。

10

高考很快过去，梁芳草感觉自己考得并不算差。大概是因为没有了陆长亭，她每天都在百无聊赖，也大概是因为林之沐不但看她吃饭看得紧，看她的功课也十分用心，所以她虽然生了几次病，高中三年的成绩竟然也一点一滴积累了下来。

高考完的第二天，梁芳海获得了全国武术锦标赛冠军与中华传统武术高手赛冠军的消息便从电视上传来，咏春拳梁家梁芳海这个名字几乎一夜之间红遍了佛山这座小城。街坊邻居们都兴冲冲地向陌生人介绍："你知道新冠军梁芳海吧？那个连男人都打不过她的武林高手梁芳海，我们是邻居呀。就住一条街上，从小我们就认识的！"

每个人心里都是满满的自豪感，特别是何家从来不打折的烧鹅店里。那天正好是何家兴在看铺面，他用大红纸贴了张告示：为庆祝梁芳海获得双料冠军，本店今天全部烧腊免费赠送。每人一斤，赠完为止。

几乎是听了消息的人都去何家烧鹅店门前排队，声势浩荡得连电视台的记者都惊动了。

记者采访何家兴的时候，问他为什么用这样的方式表达佛山人的自豪感的时候，他很大声地说："因为我爱梁芳海呀。"

众人哈哈大笑，看电视的人也哈哈大笑，似乎也没有人当真。梁芳草也看了那条新闻，她忽然觉得自己从家兴哥的眼睛里看到了一些似乎有些熟悉的东西，那大概是，她从陆长亭看二姐的眼神里见过，从林之沐看自己的眼神里也好像见过，或者，她自己在想念陆长亭的时候，忽然看到镜子里的自己时，也见到过。

当天天还很早，何家烧鹅店里的烧腊就全都赠送完了。何家兴最后留了一只最好的烧鹅不肯再送，理由是要送去给梁家。

那天晚上，那只烧鹅梁芳草和妈妈没吃完，就在吃夜宵的时候拿出来一边吃一边和梁芳华视频馋她，梁芳华还好，陆长亭可真是馋坏了，哇哇地叫着："亲爱的小妹，你给我们真空包装一只寄过来吧！真的好想吃！芳华，芳华，我们快点儿毕业回中国去工作吧，看到好吃的我忍不住了！"

梁芳草对着电脑一边吃烧鹅一边笑，不知道为什么，她忽然笑出了眼泪，那眼泪止不住，明明泪眼迷蒙，可看着屏幕上那个清晰度并不高的人，却觉得他是那么清晰，清晰得像烙印一样刻进了她的心里，痛彻心扉，却难以忘记。

怎么办呢？她还喜欢他，像风过万里，不问归期。像星辰淡去，月落海底。像雨落长街，花瓣成泥。

那些喜欢在她心里堆积着攒动着沉默着叫嚣着，很想很想冲破一切走出来，就像暗恻恻地生在角落里的种子，静悄悄地开了花，一边不想被人所知，一边又盼望着能开出炸裂一般的花朵。

〈看着她一天一点地健康起来，却看不到她一天一点地变得快乐。看着她一天一点地变得乖巧和懂事，却看不到她一天一点地将眼神给我一分。一开始，我没期望过要从她身上得到什么的，只想着，她能快乐就好。可是，时间过得越久，我变得越贪心。我不但想要站在她身边的那个位置，还想取代她心里的那个人。——林之沐〉

漂洋过海
来看你

②

piaohai

PIAOYANG
GUOHAI
LAI
KANNI

第十一章

我知道不是每个人都能最后与自己喜欢的人在一起，可还是想拼尽全力走到你的身边。最好不过余生只有你，最坏又怎样，余生也有关于你的记忆。

——梁芳草

1

最令梁芳草触动的，是何家兴对梁芳海的求婚。

梁芳海从北京回来那天，是何家兴开着他新买的车去机场接的。一路把梁芳海送回到了梁家，帮着梁克越父女把行李都搬进了屋里，杨婉姝自然是那种不会怠慢了友好邻里的主妇，非常热情地留何家兴吃晚饭。何家兴答应得爽快，转头出去，没一会儿又回来，两手都提满了礼品，身后还跟了个何家盛，也帮着提了满满的两手礼品。

梁克越正客套着，只见何家兴"扑通"一声跪在了梁芳海面前："芳海，我喜欢你很多年了，想娶你做老婆！你嫁给我吧！"

梁克越夫妇的反应还好，只是呆了呆，梁芳海的反应就惨烈了一些，她飞起一脚，就将身材高瘦的何家兴踹得飞了出去，直接从客厅里飞到了走廊前的台阶上。

何家兴的手撞上了走廊柱子的尖角儿，竟然骨折了。

　　何家兴痛得晕过去前，硬是没吭一声，说了句"只要我不死，我就是要娶你。这辈子只娶你一个"之后，意识才慢慢涣散。

　　梁家人一阵手忙脚乱把何家兴送到了医院里，医生确诊了除了骨折还有内伤之后，梁克越才哭笑不得地向匆忙赶来的何伟裕夫妇道歉："唉，这好不容易才有个男人敢向她提亲，她竟把人打成这样，这传出去……唉！"

　　何伟裕夫妇也很蒙呀，大儿子是到了该娶亲的年龄了，可是叫他相亲总不去，问有没有喜欢的姑娘也不说，何家两个儿子，小儿子不正常也就算了，这大儿子做生意倒是个伶俐的，可到了结婚成家这事儿上，真是说起也是个愁。谁能想到他竟然瞧上了双料冠军还有可能成为世界冠军的梁芳海呢？梁芳海可是公认的武林高手呀，虽然何家兴从小也算身体健康，可是一天武也没有习过，这要是结了婚，可不就是天天被老婆打的份儿？

　　可任双方父母多么惊讶多么诧异多么觉得没戏，何家兴还是坚持把他喜欢梁芳海要娶梁芳海的事情公开了。他出院之后，没少受街坊嘲弄，更让他难过的是，梁芳海从前还和他说话，这事儿之后，就再也不理会他了。可是何家兴竟然似根本没影响到似的，每天往梁家跑，不知道跑得多起劲儿，梁芳海不理他他也不恼，还是一个劲儿地往前凑，仿佛只要梁芳海不再动手打他，他就是捡了大便宜似的。

　　何家兴不顾一切公开追求梁芳海这件事情，在附近街坊中闹的动静真是不小，有好一段时间里，大家都在谈论何家能不能把一个冠军娶回去，又或者说，梁芳海是说过的，她不嫁，谁要是想娶她就得同意入赘梁家，那梁家能不能让何家唯一健康的那个儿子上门入赘呢。

看着何家兴天天一身伤还往梁芳海面前凑的样子，梁芳草先是觉得有点儿搞笑，然后，那些搞笑便一天一点地成了心酸。她自己不过是一个藏起了心事的人，又有什么资格嘲笑敢把心事晒在太阳底下任人评说的人呢？

2

梁芳草是在早饭后向父母提出说要去美国的。她说自己也想去留学，如果可以的话，问父母能不能先让她的高中毕业旅行去看看二姐的学习生活，她想看看自己是不是也能适应。

高考之后，梁芳海结束了比赛也有些空闲，想出去走走，就问过梁芳草毕业旅行想去什么地方，大姐陪着去。大家都以为梁芳草只不过是想在国内一些没去过的风景区走走，都没想到她竟然提出要去美国。虽然梁家也并不是负担不起去美国度个假的费用，但是，她才刚刚十八岁，身体也病着……顾虑良多，梁克越夫妇和梁芳海都只能望着梁芳草，一时不知道要如何回答她："那个，你说什么来着？"

"我说，我想去看二姐。"梁芳草露出个微笑，很认真很清晰地说，"我想去美国看二姐，还有陆长亭。"

　　说出了陆长亭的名字后，她的心脏突地跳了一下，她自己都有点儿被吓着了，但她很快按住了那丝惊惶，继续向家人解释："过两年我也想像二姐一样考去国外留学，所以想先去看看二姐的学习生活什么的，看我能不能也适应。"

　　"哦，这样呀。好是好，但是……"梁克越原本就偏爱小女儿，她这一病之后，待她更是心肝儿般的小心翼翼，医生说暴食症与心理压力有关，他一个粗人，哪里知道什么是心理压力，就怕自己哪句话不对让小女儿不开心让她又病得严重了，所以他话说了一半，看了一眼妻子。

　　杨婉姝接收到了丈夫的信号，接过他的话题："你才刚过了十八岁生日，虽然已经成年了，但是要去那么远，得有人陪着吧。你是打算让我们陪你去？还是大姐陪你去？我们陪你去的话，我和爸爸不懂得讲英语，大姐的英语也不好。"

　　"我没多少天假期的，顶多只能休个十天。明年年初有世锦赛，我有新的训练。"梁芳海也在很认真地考虑这个问题，不是不想让小妹去，她想做的事情，家人当然应该支持。但是让父母陪着小妹去，即使那边有二妹在，她也不放心。

　　"我自己去不行吗？"梁芳草瞪大眼睛，仿佛在说一件多么正确的事情，"我已经成年了呀，我都高中毕业了，我自己去就行了呀。而且我的英语虽然没有二姐好，但是也不错哦。"她这三年来从来没有断过补习英语，不就是为了这一天吗？再见到陆长亭的时候，再也不会像以前那样听他和二姐用英语对话，而她根本插不上嘴。

"不，不行，怎么能让你自己去。"梁克越夫妇还没开口，梁芳海就出口拒绝了小妹，"让你自己一个人出远门呀，我们还不如全家人陪着你一起呢。你那性子就怕你乱跑，爸爸妈妈在家还不得担心得吃不下睡不着呀。"

"我很乖呀。"梁芳草顿时萎了，她是经常出状况没错，但是……唉，好像也没什么但是。

3

一家人正商量着，林之沐来了。关于梁芳草的问题，梁家人也没避着他，就拉着他要开始劝梁芳草不能一个人出远门。

林之沐默默听完，忽然说了一句："梁叔，要不我陪着小草去吧。我正好也有留学计划，想先出去看看。"

"呀，你也想去吗？好呀。这样就放心多了。"梁克越一听林之沐主动说要陪着梁芳草去，一颗悬着的心竟然落了地，完全忘记了林之沐与梁芳草同年的事情，只记得林之沐为人处事素来冷静有条理，小小年纪就是名医的内传弟子，听说还立志考医学院，要做大医生。再加上这一年来，梁芳草在学校里，也多得他照看。总之就是林之沐怎么看都是稳妥的人，有个稳妥的人在，他的宝贝女儿总归安全一些。

这时候，梁克越还没有想到林之沐会对自己的小女儿有什么别样的心思那一方面，或者说，就算有，他也是乐观其成的。虽然他没有儿子，可是女儿招来的女婿，一个比一个优秀，不也是梁家的福气吗？

"爸爸！"梁芳草简直不能相信，爸爸竟然连问都没问，就直接答应了让林之沐陪自己去美国。她和林之沐可是同年哎，都是十八岁，为什么她自己去就不行，林之沐答应陪她去就行？这不是双面标准吗？

"之沐也想去留学吗？"梁芳海倒是对这个有兴趣，小妹同龄的伙伴里，确实林之沐是最优秀的，学中医学得很好，听说对古画古建筑的修复也有研究，又要考医学院做医生，这些都是她家小草那种凡事只想着玩的性格不能比的，要是林之沐也想去留学，倒是可以拜托他路上照看着小妹，反正到了美国那边有二妹，小妹应该也能来回平安。"不过，如果你陪着小妹去，会不会影响你的行程？"

"不会呀，我也只是先去随便看看。我想先在国内读两年再申请出去，不急。"林之沐回答得滴水不漏。梁家人原本也不疑有他，于是便一致答应了，如果林之沐陪着梁芳草，就由她去美国毕业旅行，可以玩到大学开学了再回来。

梁芳草简直有点儿不敢相信自己就这么被父母大姐给"分"给了林之沐，到底是凭什么呀，明明她才是梁家人，为什么家人全都相信林之沐而不相信她呢？

林之沐是来接她一起去英语补习班的，一起出门的时候，梁芳草就嘟着嘴很不满意，横了林之沐两眼都没说话。可偏偏林之沐也不吭声，梁芳草是什么性子呀，她是那种用尽了全身力气憋得生病才能隐瞒一个秘密的人，没走到巷口就忍不下去了："喂，林之沐，我不要你陪我去美国。你要去自己去，我也自己去。"

"反正同路。"林之沐的反应倒也平常，还是那样淡淡的，眼底似乎还有笑意。

"但是我不想和你同路呀！"梁芳草生气得都要跳起来了，"我一点儿也不想和你同路呀！我要自己去美国！"

4

可任梁芳草再怎么不愿意，最后还是乖乖地跟在林之沐身后去了机场。

那天她一路都不理林之沐，一路都在想办法怎样才能不与林之沐同行。林之沐也没作声，只是在补习班下课后，他给她一瓶她喜欢喝的手工酸奶她没接的时候，淡淡地说了一句："梁芳草，你有很多次要我帮忙的时候，都答应说以后也会帮我。这一次，就算你帮我的忙。"

"但是我……"梁芳草目瞪口呆，没法儿再说下去了。因为林之沐连酸奶也不想给她了，他自己咬着吸管就喝了起来！他不但喝了她的酸奶，他还转身就走了！

"喂，林之沐！"梁芳草喊，可林之沐没停。

"喂，林之沐你给我站住！"梁芳草又喊。但林之沐仍然没停。

"林之沐！"梁芳草只好小跑着跟了上去，今天林之沐居然没主动帮她拿书包，她发现书包还挺重。

"好啦，好啦，一起去。"等公交车的时候，梁芳草妥协了。天气好热，她想吃凉粉，又想喝西瓜汁，又想喝酸奶。她很想转头就跑开了自己去吃吃喝喝，但不知道为什么，又有点儿怕林之沐会生气。也怕像以往的每一次那样，还没付钱买到东西呢，林之沐一只手就拦了过来："抱歉，她生病了不能吃这个。谢谢。"

并不是梁芳草臆想，是林之沐就是那样做的。

这一年以来，每个人看她都看得很紧，不许她再把那么多的食物往肚子里送。没有了食物的帮忙，梁芳草慢慢地无法发泄心中的不甘与痛苦，就只有每天在心里骂林之沐：林之沐是个浑蛋。林之沐坏死了。林之沐一定娶不到老婆。诸如此类。

偶尔她忍不了，就会哭。一般也不会在父母大姐面前哭，怕他们担心。一般就是在何家盛林之沐面前哭。一开始的时候，对着何家盛哭还是有用的，何家盛会由着她，想吃什么吃多少都给她买。但是，后来不知道林之沐找何家盛说了什么，何家盛就再也不给她买了，理由是："阿沐说再给你吃你的肚子会裂开会死。"

林之沐对待她就更狠一些，一般都是任由她哭，然后会在她哭得很投入的时候，速度很快地把她的手抓过去，另一只手早已经备好了银针，唰唰两针刺过来。她总是吓得愣住了才避开，可是，他早已经扎完了，被他用银针扎过的穴位处，有一点淡淡的微小的血珠。他会拿出手帕来，慢慢地帮她擦去，然后说："别哭了，给你买一份鸡蛋仔，好不好？"

真是打一棍子给一颗糖，梁芳草想说不好的，但有一份鸡蛋仔，总好过什么都没有，不过她会顺便多提一个条件："还要一杯奶茶！你扎了我两针！"

也不知道是不是那两针真的有用，一份鸡蛋仔她吃完了，奶茶没喝完，忽然就觉得不饿了。

想到这里，梁芳草忽然有一点儿难过，怎么办，林之沐好像越来越难拒绝了。不是她不拒绝，是她的拒绝对他来说，好像并没有什么用。

5

出发前一天晚上，梁芳草被"恩准"了出去吃大排档，当然，很多人跟着，林之沐、大姐、何家盛、黄静澜，还有最近几乎时刻都想出现在大姐身边的何家兴。

一坐下来，何家兴就说了："今天是哥请客，替之沐和小妹饯行，祝他们顺顺利利去，高高兴兴玩，顺顺利利回来。小子们都不要和哥抢着买单。"

"你不买单要弟弟妹妹们买单你要脸不？"何家兴刚说完，便被梁芳海呛了一句，何家兴非但没恼，反而笑嘻嘻地把菜单给梁芳海递了过去，"好好，你说得对，你先点菜。"

梁芳草坐在林之沐旁边，心里也说不上来什么滋味，现在她倒不是想吃东西吃不上来了，而是想着，明天就要出发去见陆长亭了。一年没有见，他变了吗？她知道自己变了好多，在他眼里，是变好看了，还是变得陌生了呢？如果陆长亭觉得她变好看了，她还会有机会吗？不不不，她需要什么机会？她从来没有过机会，所以，不要去期望，这样，就不会太失望。只要见到他就好。见到他后，也许她会发现，她其实并没有那么喜欢他了呢？

"小妹今天吃得这么少？是味道不好吗？"连梁芳海都发现了梁芳草的不对劲儿，"今天晚上不吃，接下来一个月里，你想吃可是吃不到了哦。"

"我不舍得你和爸爸妈妈嘛。"梁芳草回过神来，对着大姐撒娇掩饰自己的走神。

梁芳海伸手轻轻拍了一下她的头："你少来，你要是舍不得我们会想去什么美国？怎么不干脆和我们一起在国内游算了？"

"我更想二姐嘛。"梁芳草嘿嘿地笑，拿起勺子开始吃林之沐默默给她递过来的一小碗花蛤蒸蛋。花蛤很鲜，蒸蛋很嫩，很好吃。但是，好吃的东西吃下去，却好像再也不能像以前那样抚慰她空洞的心了。她应该高兴自己不再依赖食物了吗?

"虽然我带了一箱真空包装的,但是大排档的菜是没有办法带去的。好好吃吧。"林之沐说着,又给她递过来两只烤得滋滋作响的生蚝。吃货如她,看一眼就知道那蚝肉烤得刚刚巧,又鲜又嫩,浇在上面的蒜汁咸度正好,一口下去,会美好得像陆长亭一样哇哇地叫:天呀,天呀,太好吃啦。

"林之沐,你喜欢吃什么?"梁芳草忽然问了一句。

林之沐愣了一下,才回答:"我不挑食。"他像梁芳草一样,好吃的都吃,不好吃的有营养的必须要吃的也能吃。他从小就不是那种挑食的孩子。

"难怪呀,从来没有听你说过哪一样食物很好吃。"

是呀,原本她以为陆长亭总是很夸张地赞叹食物好吃,是因为他没有吃过。现在看来,并不是,很多人都不会去赞叹那些吃过的觉得好吃的食物。像林之沐就不会。她呢,遇到陆长亭之前,也不会。认识陆长亭之后,他的一些习惯好像就到了她的身上,比如吃到好吃的食物,会感叹"哇,真好吃""超级好吃""无敌好吃""世界第一好吃"……

梁芳草不知道为什么会拿林之沐与陆长亭比较,那时候的她,只觉得一辈子都会溺在陆长亭这个名字里,不会再有重见天日的一天了。

6

陆长亭和梁芳华是双双来接机的，梁芳草一见到他们就飞扑了过去："二姐！陆长亭！"她心里想拥抱的人是陆长亭，但手却自然地伸向了梁芳华。她拥抱二姐的时候，感觉到陆长亭的手伸了过来，在她半长不短的头发上揉了揉："小妹长高了呀。"

可是我一点也没有长呀。梁芳草想反驳一句的，但她什么也没有说，只是很努力地对他们笑得坦坦荡荡，心里却暗暗地闪过了一丝遗憾——这对她而言艰难的两年过去了，可陆长亭和二姐，竟然还没有分手呢。

到美国休整好的当晚，陆长亭请他们一起出去吃晚餐，是去很正式的餐厅，女孩们穿了裙子，男孩们穿了西装。穿上了西装的陆长亭似成熟了不少，仿佛两年前的翩翩少年经由一套衣服，就成了优雅的绅士。

梁芳草穿了一条浅黄色的短裙从楼梯上下来，头发都梳到了耳朵后面，露出了两个浅蓝色的海豚耳坠，她在房间里试衣服的时候，不知道要怎么弄头发，林之沐敲门，给了她这对耳环，告诉她可以把头发扎起来。

浅黄色的裙子是去年生日的时候，不知道谁送的。生日那天，大家来家里吃饭，每个人都给她带了礼物，被她胡乱地堆在一起，直到后来拆完了，她也没认出来是谁送的，只是觉得自己穿起来挺好看，就带着来了美国，想着，穿给陆长亭看。

陆长亭果然看到了，他瞪大一双眼睛，招呼梁芳华："嗨，亲爱的，你看你还担心小妹不像个女孩子呢，你看你看，现在小妹是不是叫作女大十八变成了美女！"

梁芳草有点儿尴尬，有点儿窃喜，又有点儿伤感，为了掩饰自己的情绪，她嘿嘿一笑，调皮地问陆长亭："那是，我们佛山的饭养人呀，吃什么都会长得好看的。美国的饭是不是不好吃呀，因为你离开中国后看起来真是老了不少哦。"

"没错呀。全世界所有的美食都集中在佛山了。"陆长亭并不恼，回答完梁芳草，把梁芳华揽进怀里很甜蜜地问，"亲爱的，我们回佛山生活好不好？这样你就会比现在好看一千万倍！"

"我当然要回佛山呀。你舍得让我后半生背井离乡吗？"梁芳华似早已习惯了陆长亭的亲密，笑着反问他。陆长亭必定是觉得梁芳华笑得诱人，于是低头轻吻了一下她的长发，呢喃一般温柔地说："我当然不舍得。"

这恩爱秀得，让梁芳草好后悔引起了这个话题。

她扭头假装看林之沐，假装仔细地看他今天穿的西装是不是合身，假装自己根本没有被影响。林之沐似配合她那般，问她："我的西装怎样？"

"嗯。很好。"事实上，她完全不知道林之沐穿得好不好，心里只想着，今天她与陆长亭隔着太平洋，她都忍不住找各种理由跑来找他，如果陆长亭又再次回到佛山回到了她身边的话，她还能再次保持克制吗？

7

那次的晚餐，梁芳草笑得很多。哦不，应该说，她一直在笑。有好几次，还笑出了声，换来了同餐厅食客的侧目。她一身一看就是名贵的小黄裙，扎着一个小小的马尾，一对独一无二的海豚耳环很衬她的气质，虽然脂粉不施，但年轻少女的活力，似要从明亮的皮肤里喷出来一般令人羡慕。

大家久别重逢，都聊得很开心，甚至可以说开心得不得了。然后，好像谁都没有注意到，梁芳草悄悄地喝了一杯香槟后，又喝了一杯红酒。

回去的路上，梁芳草已经有一点儿醉了，绯色涌上了她的脸，嘴巴却在说着这一年以来她的"苦难"生活，她原本便是活泼爱搞笑的性格，于是每一件小事都被她说得很有趣，逗得陆长亭与梁芳华一直笑声不断。

梁芳草的嘴一直到了家里，才停止了说话。

他们并没有住酒店，住的是陆长亭的房子，他过了二十岁生日之后，就买了一幢房子与梁芳华一起居住，房子很大，有庭院和泳池。

当然，也有梁芳草与林之沐的客房。

四个人都住在楼上，楼下是大客厅厨房餐厅用人房客房，但是他们大概是嫌弃有外人打扰小情侣的二人世界，并没有请用人。

回到家，聊天并没有再继续，大家说了明天的计划，便各自回了房间。喝了酒的梁芳草洗了个澡，感觉好一点儿了。她倒在床上躺了好久，却无法入睡。也许是倒时差，也许是心事太满，也许是今天的失落感已经多到她无法承受，她忽然觉得太阳穴的地方突突地跳了起来。又折腾了许久，仍然无法入睡，便起身下了楼。

梁芳草在厨房的冰箱里找到了啤酒，拿了两听，就坐在楼梯上喝了起来。

酒会误事，梁芳草在很多书里，很多影视剧里都听到过。她其实也没多喝，美式的啤酒好像和国内的啤酒还是有一点儿区别，那味道她不是太喜欢，喝了半听，就没再喝了。

但就那点儿酒精，加上晚餐时的香槟与红酒，已经够她想一壶心事了。

"小妹？"陆长亭的声音在楼梯上响起，他的声音在梁芳草的记忆里回落过太多太多次了，以至于这会儿有点儿恍惚的梁芳草分不清楚是在现实还是在自己的梦里，于是她笑了："呵，是你呀。

"你知道，我喜欢你吗？

"我喜欢你很久很久了。比她还要早。

"可是呀，你喜欢的人却是她。你的眼里心里全是她。

"你不喜欢我，我知道的呀。

"可是我知道又能怎样呢？我这里痛。痛得要命。痛得我都不知道我身体其他部位的痛是不是真的。

"我不想喜欢你的。可是怎么办呢？我还是喜欢你。

"我没有办法不喜欢你。"

梁芳草一句一句地说着，也没有回头，就像在梦里自言自语地劝说自己一样，这样的话，她真的一次也没有说出过口，她把它们放在心里，任由它们像怪兽一样不断地啃食她的心，她痛得就要死了，可从来都不敢说出来。

8

"小妹？"这是梁芳华的声音，她大概是听到动静，也从房间里出来了，就站在陆长亭身边，也听到了梁芳草的这一番表白，但是她有点儿不明白，"小妹怎么了？"有一个念头从她心里飞过，她瞪大眼睛看陆长亭，而陆长亭的蓝色眼睛也在看她，有个答案呼之欲出，但两个人都没有说出口。

"对不起，小草。但喜欢谁这件事情，并不是我能控制的。"林之沐忽然从客厅的沙发上站起来，慢慢在从不开灯的客厅里走近过来，他伸手拿开梁芳草手里的啤酒罐放到一边，想用力地把她从楼梯上扶起来，"回房睡吧。你喝多了。"

"你给我走开！我讨厌你！我讨厌你！"梁芳草徒然就放任了情绪，她知道，林之沐恰巧也在，林之沐在想办法帮她解围。可是，她并不想要他的好心！此刻她心里那个小恶魔占了上风，她想打乱一切，她忍得那么痛苦，她也不想让别人快乐。要痛苦就大家都一起痛苦吧。她为什么要自己一个人忍。

梁芳草很用力地挣扎，林之沐想抱住她，却被从楼梯上快步跑下来的梁芳华扯开："你放开她。"半夜时分，刚才她差点儿以为小妹是在向陆长亭表白了，没想到居然是林之沐在客厅里和小妹说话。匆忙间接受了新的真相的梁芳华下意识地站在了小妹那一边想保护她，"之沐你先回房吧。"

林之沐愣了一下，只得退到一边。梁芳草已经完全控制不住情绪了，便一直在哭一直在哭。梁芳华搂着她的肩膀，一边轻声安慰着，一边带她回了房间里。

陆长亭还有点儿搞不清楚状况，他看着面色淡淡地走上楼的林之沐，伸手拍了拍他的肩膀问："怎么回事？"

"就是你看到的那么回事。"林之沐的回答很冷淡。这表示他心情很不好。陆长亭却没打算放过他："我可是告诉你，你要是惹小妹伤心了，芳华也会伤心的。芳华伤心对我来说可是大事。所以，你最好把小妹哄好！"

陆长亭早已经以自己是梁芳草的哥哥自居，所以这会儿他说这些话，也没觉得自己有哪儿不对。而深知那个痛哭的女孩儿的真心的林之沐只是冷冷地拔开了他的手，转身回了房间。

梁芳华从梁芳草那里，什么也没有问出来。梁芳草哭累了之后，也不知道是因为酒精还是因为不想面对，半真半假地睡着了。倒是梁芳华，思来想去都觉得不对劲儿，几乎是一晚上都没有睡。

第二天一大早，林之沐刚从房间里出来，就被梁芳华拉到了后院："给我说清楚，怎么回事？"

"小草好像喜欢我。但是，我有喜欢的女孩儿了。"林之沐倒也没回避，但是，他回答得很简约。他知道梁芳华是很聪明的人，他不能确定她会不会猜测到了什么。但是，目前他也只能这样回答。

梁芳华对这个答应并不是太相信，但她也知道，很难从林之沐这里再问到什么。

9

梁芳草真没想要和二姐吵架的。

她来美国本来就不是要和二姐吵架的，她想二姐，更想陆长亭，她就来了。她原本算得好好的，她只要来看看他就好。即使总是看到他和二姐甜甜蜜蜜也可以，喜欢一个人，不就是希望看到他开心和快乐吗？

他觉得幸福，那么，她也会努力觉得幸福的。

梁芳草也不知道，事情为什么会变成这样，她乱七八糟地表白了，然后，不但是她想表白的人听到了，林之沐也听到了，最糟糕的是，二姐也听到了。

好吧。林之沐好像要替她解围来着，可是，她为什么需要他的解围？他以为，他那么说，二姐就信了吗？他算错了！二姐根本就不是那种笨姑娘！二姐可是广东省的高考状元，二姐可是高中毕业就申请到美国好几所好大学的奖学金，又以优秀的表现转了医学专业的高才生！二姐怎么可能那么容易就听信了林之沐的谎言？

可是，对于梁芳草来说，二姐不相信林之沐是一件更糟糕的事情。因为二姐直接来问了她："小妹，你真的喜欢林之沐？"

其实梁芳华想问的是"你是不是喜欢陆长亭"，她没敢问，怕问出来答案，两个人都不知道如何收场。

"但他并不喜欢我。"梁芳草索性把脸埋进了沙发的抱枕里，她不想聪明的二姐从自己的眼睛里看到真相，"怎么办，二姐。无论我再喜欢他，他并不喜欢我。"

梁芳草说得很真切。她没说假话呀，因为确实是这样的，她再怎么喜欢陆长亭，陆长亭也并没有喜欢她。

"小妹……"梁芳华还真有点儿相信了。虽然之前一些细节里看来，林之沐好像真的喜欢小妹，但是仔细想想，那与她和大姐对小妹又有什么区别呢？不过是长兄长姐对于妹妹的照顾。"你这样会很辛苦。之沐是很好，但是世界上还有很多很好的男孩儿，你喜欢一个自己不能喜欢的人，会过得很辛苦的。"

梁芳华的想法也很简单，小妹还这么年轻，一时之间被林之沐那样拒绝，当然受不了。慢慢地，也就好了。

"你什么也不懂！"梁芳草忽然大声地喊了出来，"梁芳华，你什么也不懂！你那么幸运！你怎么会懂！"她是真的觉得自己很悲愤。特别是听到二姐劝自己放弃之后，真是悲从中来恶向胆边生，凭什么呢？她什么也没有付出却得到了一切，而自己付出了一切却什么也没有得到，此刻却要听她对自己说放弃！

"小妹……"梁芳华也很惊讶，小妹为何会这样生气，她不禁对小妹的任性有些失望，"我是不懂你的心情，但是你也不用这样发脾气吧？"

"你走！我不想见到你！"梁芳草一面觉得丢脸，一面觉得自己无耻，索性就更无耻些，放开了与二姐大吵大闹起来，"从小你就聪明漂亮，你什么都有，可是我什么都没有。所以我是坏蛋，好了吧！"

梁芳草也知道自己有点儿无理取闹，可是，她忍不住。她强行扛着最后一丝理智，愤怒地摔门而走。

梁芳草走的时候，真没想要怎样，她就是想出去透透气，顺便冷静一下，想一想，要如何才能让二姐相信那个林之沐帮她编出来的谎言。她绝没有想到，自己这么一走，把二姐和自己，都带进了地狱。

10

手术后有一段时间，梁芳草感觉到很痛苦的时候，会觉得自己很难忍耐，会在家里对着家人哭泣，因为那种又饿又痛的感觉，她撕裂一样叫喊着。有几次二姐刚巧打电话回来，在电话那头听着，也受不了，哭着说："小妹让我替你吧让我替你吧。"

谁都没在意那一时情急说出来的话，包括梁芳草。父母大姐二姐都从小疼爱她，她知道看到她痛每一个家人都会恨不得替她受。

只是谁也没想到会成真。

梁芳草一直到后来的后来，都真的真的很讨厌一语成谶这个词。

那天她离开家之后，转过街口就上了一辆出租车，因为不知道要去什么地方，就去了地铁口，随后，她迷了路。迷路之后，她竟也不肯第一时间去找警察，而是进了路边的一间咖啡馆里发呆。

她仔细地想着认识陆长亭的这五年，想起那个在水里抓鱼的快乐女孩儿，为什么变成了今天这个纠结而又无耻的自己。她不知道，二姐为了找她，经历了地狱一般的一天，二姐出去寻找她的时候，被三个醉酒的小流氓扯住，而那附近正巧行人稀少……

梁芳草不知道二姐是如何一个人撑过那无比屈辱的下午的，也不知道衣衫破碎的二姐是如何一步一步地自己走到有警察的地方报警的。她只记得，她终于想通了去打林之沐的电话，让他来接自己的时候，林之沐说了一句让她原地别动等他之后，又加了一句："二姐出事了。"

天真的可笑的她，还觉得那句二姐出事了，可能只不过是二姐知道了什么，二姐发脾气了之类的。

她绝对没有想到，二姐因为担心她，在出去找她的时候，不幸被小流氓强暴了。

之后很多的一些细节，梁芳草都有些模糊了，她只是无比惶恐地看着所有的笑容都从二姐脸上消失，看着二姐一步一步地帮着警方把那些流氓抓住并判了刑。

在那些日子里，梁芳草的心分成了两半，一半在想，二姐好坚强，一半在想，二姐沉默得好可怕。

是的。梁芳华只是不笑了，但她一直没有哭，真的一直没有哭。她甚至，好像都不需要任何人的安慰。

但梁芳草是深深地了解她的痛苦的。她知道二姐一定很痛苦，一定痛到了无法想象的程度。可是，二姐选择了放在心里。就像梁芳草自己所做过的那样。

梁芳草很担心二姐会做出什么事来。

然后，她担心的事情，就真的发生了。

那时候，她和林之沐刚刚从美国回到佛山，才到家放下行李没多久，陆长亭带着失落与沮丧，还有伤感与惶恐的电话就打了回来："芳华不见了。"

二姐静悄悄地办了休学手续，没有告诉任何人她去了哪儿，只给陆长亭留了一张字条，就一个人走了。

梁家所有人，都以为梁芳华会回国，会回到家人身边，但是，她没有。不但人没有回来，也没有任何消息。只是用一个现在已经停用的手机号给梁芳海发了一条短信："抱歉，请照顾好爸爸妈妈和小妹。"

梁芳草也看了那条短信。她有点儿想哭，但眼睛干涩，一滴眼泪也没有了。

〈她穿了我买给她的那条裙子，戴着我送给她的耳环，好看得像坠入凡间的精灵。她喝了酒，她哭着向他表白。我很不甘心。我说服自己，我是为了不让她尴尬，所以，才编了谎言，告诉所有的人，我才是那个她要表白的人。我也不知道为什么，明明是我最早陪在她身边，最后却成了无法进入她心的那个人。但是，我知道我放弃不了。——林之沐〉

PIAOYANG
GUOHAI
LAI
KANNI

结 局

愿所有星星都微笑

陆长亭，我不知道你是如何撑过二姐忽然消失在你的生活里那些日子的。

对于我们家而言，就是每一个人都不由自主地对着二姐的旧物发呆，说话间不知是谁，脱口就会提起二姐，就像她从没离开一样说一句"等芳华回来后……"，那些话总戛然而止，然后所有人长久地沉默，母亲转身默默垂泪，父亲会点上很久不抽的烟。

从那之后，我有了一个习惯，再痛也忍得下去了。我再也不会对谁喊出来了，甚至不会再自己呻吟了。我严格按照医嘱吃药忌口，为了更好地生活下去，更好地等二姐回来对她说抱歉，我甚至开始适当锻炼，我跟着大姐，捡起了丢下好多年的拳法。

父亲说，咏春拳的传人从来没有病死的。对于二姐出事，他很自责，因为他刻意培养二姐的学业而不让她学武。

我不敢给你打电话，我不知道要如何安慰与我们一样丢失了二姐的你。因为我知道那种感觉没有任何人任何事任何话语能够安慰。

我知道二姐之于你，就如同你之于我。

二姐走后第十五个月，我才见到了你。

你一个人去你和二姐曾经想去的国家都转了一圈儿，最后才回到了她的故乡。

你消瘦了许多，满身风尘。

嗨，陆长亭。

嗨，梁芳草。

想问你还好吗？没有问。因为你看起来真的不好。

我带你去吃你曾经最喜欢吃的那家云吞面，你在清晨的柔光里慢慢地吃完了一碗，你说很好吃，但湛蓝的双眸忧伤依旧。

连你最爱的食物都已经不能安慰你了。

但我们总要继续生活。

你回来半年之后，尽管你提出要学咏春拳而我父亲也亲自倾囊相授，但我仍偶尔听到你在二姐的房间里低声呜咽。

那感觉，比我这些年来感觉最难以忍耐的疼痛还要痛。

第一个劝你走的人，是我。

我说了很多大道理，包括二姐一定不希望你看着她的旧物消沉一辈子这样的话，我都很诚恳地说了出来。

我甚至悄悄地去找了你的父亲，让他跟你一起走不给你留下的机会。

陆爷已经去世，他也不需要再守在国内了。如果你父亲也走，你便再没有留在国内的借口。

我相信在新的环境里，你会一点一点地走出来，我希望你能一点一点变好，等二姐回来的时候，她能见到一个最好的你。

我也曾经想过，二姐走了，也许是二姐知道了什么，要把你让给我呢？我是不是应该努力地争取一次，也许我也可以站在你身边，就像二姐一样。

但我不能。

我知道，我没有那样的资格。从前没有，现在更没有。

一开始的时候，很艰难。

你失眠了很长一段时间，会半夜给我打电话：喂，梁芳草你好吗？我不好。我太想梁芳华了。她到底在哪儿？

很多次，我一边咬碎牙关在忍耐着心碎，一边笑着对你说：你要出门去走走，说不定会遇到二姐，你要像第一次认识她一样，对她笑对她打招呼，把她拍进你的相机，永远认为她最美。或者你应该去工作，你可以设计一座用我二姐的名字命名的建筑，很有名很有名，有名到二姐不管在世界的哪一个角落，听到这建筑的名字就知道你在等着她回来。

我的英文学得很不错了，我不但能听懂你的伤感，还能安慰你很多，鼓励你很多，为你难过，更多。

很想说，陆长亭，别这样。你痛，我比你更痛。

但是我告诫自己，一定要忍住呀梁芳草。

后来，你打来的电话慢慢少了。

后来，你开始接工作了。

后来，我在推特上看到了你的工作照，果然帅气的人不管做什么工作都一样帅气。

你成为建筑师的那天，你发了一条推特说，芳华，我在等你回来。即使我死去，也会变成一颗星星，你如果愿意抬头，就能看见我对你微笑。

真好。

如果我死去，我也想住在一颗星星上面，每天在那里看着地球微笑。这样，当你夜晚仰望星空的时候，就会像看到所有的星星都在微笑一样。

我偶尔会单曲循环听那首有你与我的名字的歌《送别》。

长亭外，古道边，芳草碧连天。

也许，我们的相遇，就像歌的名字一样，早就注定了要分离。

【官方 QQ 群：555047509】

每周丰富多彩的群活动，好礼不停送！
作者编辑齐驾到，访谈八卦聊不停！

扫一扫看更多图书番外，作者专访

图书在版编目（CIP）数据

漂洋过海来看你.星星篇/凌霜降著. —石家庄：
花山文艺出版社，2017.11（2020.3重印）
ISBN 978-7-5511-0788-4

Ⅰ.①漂… Ⅱ.①凌… Ⅲ.①长篇小说－中国－
当代 Ⅳ.①I247.7

中国版本图书馆CIP数据核字(2017)第255296号

书　　名	：	**漂洋过海来看你·星星篇**
著　　者	：	凌霜降
策划统筹	：	张采鑫
特约编辑	：	周丽萍
责任编辑	：	于怀新
责任校对	：	齐　欣
美术编辑	：	胡彤亮
封面设计	：	刘　艳
内页设计	：	米　籽
封面绘制	：	顾小屿
出版发行	：	花山文艺出版社（邮政编码：050061）
		（河北省石家庄市友谊北大街330号）
销售热线	：	0311-88643221/29/35/26
传　　真	：	0311-88643225
印　　刷	：	三河市华东印刷有限公司
经　　销	：	新华书店
开　　本	：	880×1230　1/32
印　　张	：	9
字　　数	：	173千字
版　　次	：	2017年12月第1版
		2020年3月第2次印刷
书　　号	：	ISBN 978-7-5511-0788-4
定　　价	：	45.00元